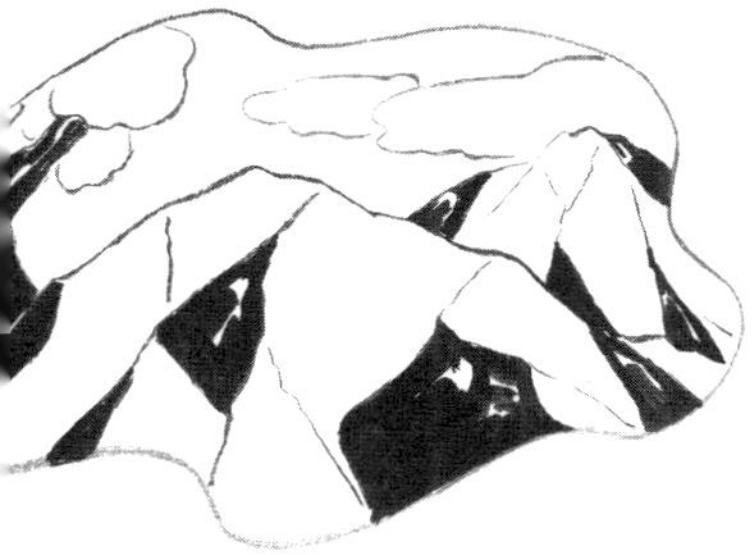

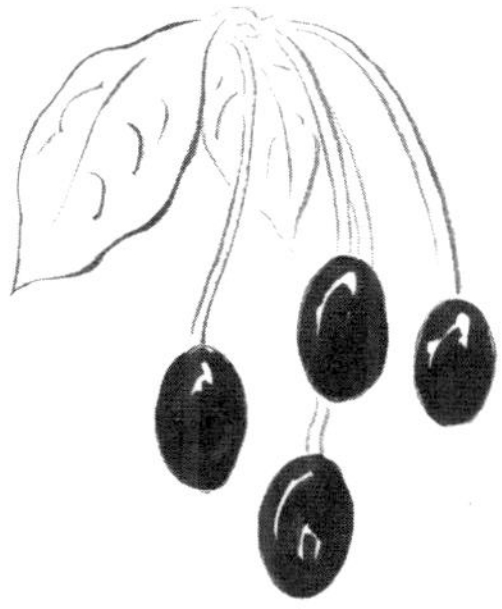

100年読み継がれる名作

太宰治《だざいおさむ》短編集《たんぺんしゅう》

走れメロス・女生徒など

絵 北澤平祐　監修 安藤 宏

【この本について】

・この本は『太宰治全集』（筑摩書房）、『太宰治名作集』（世界文化社）『走れメロス　富嶽百景』（岩波少年文庫）を底本としています。

・旧字・旧仮名づかいは、新字・新仮名づかいとし、現代送りがなを使用しています。また、読みやすいように、一部改行や句読点の位置を変えています。

・原文をそこなうおそれが少ないと思われるものは、漢字を仮名に、仮名を漢字に改めました。

・本文の漢字には、ふりがなをつけています。

・難しい言葉や語句については＊をつけ、本文の下部に説明を入れています。

・現在の人権を守る立場からすると、適切でないと思われる表現がありますが、作品の書かれた時代背景、作者に人権侵害の意図がなかったことをふまえ、できる限り、原文のまま掲載しています。

もくじ

走《はし》れメロス

メロスは激怒《げきど》した。必《かなら》ず、かの*邪智暴虐《じゃちぼうぎゃく》の王《おう》を除《のぞ》かなければならぬと決意《けつい》した。メロスには政治《せいじ》がわからぬ。メロスは、村《むら》の*牧人《ぼくじん》である。笛《ふえ》を吹《ふ》き、羊《ひつじ》と遊《あそ》んで暮《く》らしてきた。けれども邪悪《じゃあく》に対《たい》しては、人一倍《ひといちばい》に敏感《びんかん》であった。

きょう未明《みめい》メロスは村《むら》を出発《しゅっぱつ》し、野《の》を越《こ》え山越《やまこ》え、*十里《じゅうり》はなれたこのシラクスの市《し》にやってきた。メロスには父《ちち》も、母《はは》もない。女房《にょうぼう》もない。十六の、内気《うちき》な妹《いもうと》と二人《ふたり》暮《ぐ》らしだ。この妹《いもうと》は、村《むら》のある律気《りちぎ》な一牧人《いちぼくじん》を、近々《ちかぢか》、花婿《はなむこ》として迎《むか》えることになっていた。結婚式《けっこんしき》もまぢかなのである。メロスは、それゆえ、花嫁《はなよめ》の衣装《いしょう》やら祝宴《しゅくえん》のごちそうやらを買《か》いに、はるばる市《し》にやってきたのだ。

まず、その品々《しなじな》を買《か》い集《あつ》め、それから都《みやこ》の大路《おおじ》をぶらぶら歩《ある》いた。メロスには竹馬《ちくば》の友《とも》があった。セリヌンティウスである。今《いま》はこのシラクスの市《し》で、

邪智暴虐《じゃちぼうぎゃく》　悪知恵《わるぢえ》で、むごく苦《くる》しめること。

牧人《ぼくじん》　羊《ひつじ》や牛馬《ぎゅうば》などを飼《か》う人《ひと》。

十里《じゅうり》　約《やく》三十九キロメートル。

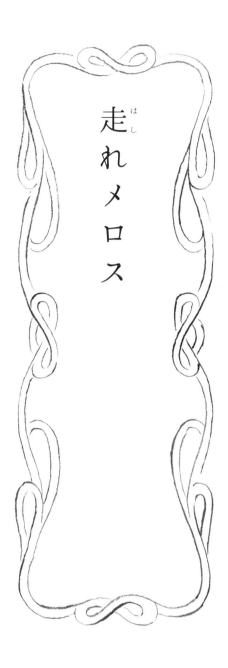

石工《いしく》をしている。その友《とも》を、これから訪《たず》ねてみるつもりなのだ。久《ひさ》しく会《あ》わなかったのだから、訪《たず》ねていくのが楽《たの》しみである。

歩《ある》いているうちにメロスは、まちの様子《ようす》を怪《あや》しく思《おも》った。ひっそりしている。もうすでに日《ひ》も落《お》ちて、まちの暗《くら》いのは当《あ》たりまえだが、けれども、なんだか、夜《よる》のせいばかりではなく、市全体《しぜんたい》が、やけに寂《さび》しい。のんきなメロスも、だんだん不安《ふあん》になってきた。道《みち》で会《あ》った若《わか》い衆《しゅう》をつかまえて、何《なに》かあったのか、二年《にねん》まえにこの市《し》に来《き》たときは、夜《よる》でも皆《みな》が歌《うた》をうたって、まちはにぎやかであったはずだが、と質問《しつもん》した。若《わか》い衆《しゅう》は、首《くび》を振《ふ》って答《こた》えなかった。

しばらく歩《ある》いて老爺《ろうや》に会《あ》い、こんどはもっと、語勢《ごせい》を強《つよ》くして質問《しつもん》した。老爺《ろうや》は答《こた》えなかった。メロスは両手《りょうて》で老爺《ろうや》のからだをゆすぶって質問《しつもん》を重《かさ》ねた。老爺《ろうや》は、あたりをはばかる低声《こごえ》で、わずか答《こた》えた。

「王様《おうさま》は、人《ひと》を殺《ころ》します。」

「なぜ殺《ころ》すのだ。」

「悪心《あくしん》をいだいている、というのですが、だれもそんな、悪心《あくしん》を持《も》ってはおりませぬ。」

「たくさんの人《ひと》を殺《ころ》したのか。」

「はい、はじめは王様《おうさま》の妹婿《いもうとむこ》さまを。それからご自身《じしん》のお世嗣《よつぎ》を。それから、妹《いもうと》さまを。それから、妹《いもうと》さまのお子《こ》さまを。それから、皇后《こうごう》さまを。それから、賢臣《けんしん》のアレキス様《さま》を。」

「おどろいた。国王《こくおう》は乱心《らんしん》か。」

「いいえ、乱心《らんしん》ではございませぬ。人《ひと》を、信《しん》ずることができぬ、というのです。このごろは、臣下《しんか》の心《こころ》をも、お疑《うたが》いになり、少《すこ》しく派手《はで》な暮《く》らしをしている者《もの》には、人質《ひとじち》一人《ひとり》ずつさし出《だ》すことを命《めい》じております。ご命令《めいれい》を拒《こば》めば十字架《じゅうじか》にかけられて、殺《ころ》されます。きょうは、六人殺《ろくにんころ》されました。」

聞《き》いて、メロスは激怒《げきど》した。「あきれた王《おう》だ。生《い》かしておけぬ。」

メロスは、単純《たんじゅん》な男《おとこ》であった。買《か》い物《もの》を、背負《せお》ったままで、のそのそ王城《おうじょう》にはいっていった。たちまち彼《かれ》は、巡邏《じゅんら》の*警吏《けいり》に捕縛《ほばく》された。調《しら》べられて、メロスの懐中《かいちゅう》からは短《たん》剣《けん》が出《で》てきたので、騒《さわ》ぎが大《おお》きくなってしまった。メロスは、王《おう》の前《まえ》に引《ひ》き出《だ》された。

「この短刀《たんとう》で何《なに》をするつもりであったか。言《い》え!」

暴君《ぼうくん》ディオニスは静《しず》かに、けれども威厳《いげん》をもって問《と》いつめた。その王《おう》の顔《かお》は蒼白《そうはく》で、眉間《みけん》のしわは、刻《きざ》み込《こ》まれたように深《ふか》かった。

「市《し》を暴君《ぼうくん》の手《て》から救《すく》うのだ。」とメロスは悪《わる》びれずに答《こた》えた。

「おまえがか?」王《おう》は、憫笑《びんしょう》した。「しかたのないやつじゃ。おまえなどには、わしの孤独《こどく》がわからぬ。」

「言《い》うな!」とメロスは、いきり立《た》って*反駁《はんばく》した。「人《ひと》の心《こころ》を疑《うたが》うのは、最《もっと》も恥《は》ずべき悪徳《あくとく》だ。王《おう》は、民《たみ》の忠誠《ちゅうせい》をさえ疑《うたが》っておられる。」

「疑《うたが》うのが、正当《せいとう》の心構《こころがま》えなのだと、わしに教《おし》えてくれたのは、おまえたちだ。人《ひと》の心《こころ》

警吏《けいり》 警察官《けいさつかん》の古《ふる》い呼《よ》び名《な》。

反駁《はんばく》 他人《たにん》の意見《いけん》に反対《はんたい》し、その非《ひ》を論《ろん》じ攻撃《こうげき》すること。

は、あてにならない。人間《にんげん》は、もともと私欲《しよく》のかたまりさ。信《しん》じては、ならぬ。」暴君《ぼうくん》は落《お》ち着《つ》いてつぶやき、ほっとため息《いき》をついた。「わしだって、平和《へいわ》を望《のぞ》んでいるのだが。」

「なんのための平和《へいわ》だ。自分《じぶん》の地位《ちい》を守《まも》るためか。」こんどはメロスが嘲笑《ちょうしょう》した。「罪《つみ》のない人《ひと》を殺《ころ》して、何《なに》が平和《へいわ》だ。」

「だまれ、*下賤《げせん》の者《もの》。」王《おう》は、さっと顔《かお》をあげて報《むく》いた。「口《くち》では、どんな清《きよ》らかなことでも言《い》える。わしには、人《ひと》の腹《はら》わたの奥底《おくそこ》が見《み》え透《す》いてならぬ。おまえだって、いまに、磔《はりつけ》になってから、泣《な》いてわびたって聞《き》かぬぞ。」

「ああ、王《おう》は利巧《りこう》だ。うぬぼれているがよい。私《わたし》は、ちゃんと死《し》ぬる覚悟《かくご》でいるのに。命《いのち》ごいなど決《けっ》してしない。ただ、――」

と言《い》いかけて、メロスは足《あし》もとに視線《しせん》を落《お》とし瞬時《しゅんじ》ためらい、

「ただ、私《わたし》に情《なさ》けをかけたいつもりなら、処刑《しょけい》までに三日間《みっかかん》の日限《にちげん》を与《あた》えてください。たった一人《ひとり》の妹《いもうと》に、亭主《ていしゅ》を持《も》たせてやりたいのです。三日《みっか》のうちに、私《わたし》は村《むら》で結婚式《けっこんしき》をあげさせ、必《かなら》ず、ここへ帰《かえ》ってきます。」

「ばかな。」と暴君《ぼうくん》は、嗄《しわが》れた声《こえ》で低《ひく》く笑《わら》った。「とんでもないうそを言《い》うわい。逃《に》がした小鳥《ことり》が帰《かえ》ってくるというのか。」

「そうです。帰《かえ》ってくるのです。」メロスは必死《ひっし》で言《い》い張《は》った。「私《わたし》は約束《やくそく》を守《まも》ります。私《わたし》を、三日間《みっかかん》だけ許《ゆる》してください。妹《いもうと》が、私《わたし》の帰《かえ》りを待《ま》っているのだ。そんなに私《わたし》を信《しん》じられないならば、よろしい、この市《し》にセリヌンティウスという石工《いしく》がいます。私《わたし》の無《む》

下賤《げせん》 品性《ひんせい》がいやしいこと。身分《みぶん》の低《ひく》いこと。

二《に》の友人《ゆうじん》だ。あれを、人質《ひとじち》としてここに置《お》いていこう。私《わたし》が逃《に》げてしまって、三日目《みっかめ》の日暮《ひぐ》れまで、ここに帰《かえ》ってこなかったら、あの友人《ゆうじん》を締《し》め殺《ころ》してください。たのむ。そうしてください。」

それを聞《き》いて王《おう》は、残虐《ざんぎゃく》な気持《きも》ちで、そっとほくそえんだ。生意気《なまいき》なことを言《い》うわい。どうせ帰《かえ》ってこないにきまっている。このうそつきにだまされたふりして、放《はな》してやるのもおもしろい。そうして身代《みが》わりの男《おとこ》を、三日目《みっかめ》に殺《ころ》してやるのも気味《きみ》がいい。人《ひと》は、これだから信《しん》じられぬと、わしは悲《かな》しい顔《かお》して、その身代《みが》わりの男《おとこ》を*磔刑《たっけい》に処《しょ》してやるのだ。世《よ》の中《なか》の、正直者《しょうじきもの》とかいう*やつばらにうんと見《み》せつけてやりたいものさ。

「願《ねが》いを、聞《き》いた。その身代《みが》わりを呼《よ》ぶがよい。三日目《みっかめ》には日没《にちぼつ》までに帰《かえ》ってこい。おくれたら、その身代《みが》わりを、きっと殺《ころ》すぞ。ちょっとおくれてくるがいい。おまえの罪《つみ》は、永遠《えいえん》にゆるしてやろうぞ。」

「なに、何《なに》をおっしゃる。」

「はは。いのちがだいじだったら、おくれてこい。おまえの心《こころ》は、わかっているぞ。」

メロスはくやしく、地《じ》だんだ踏《ふ》んだ。ものも言《い》いたくなくなった。

竹馬《ちくば》の友《とも》、セリヌンティウスは、深夜《しんや》、王城《おうじょう》に召《め》された。暴君《ぼうくん》ディオニスの面前《めんぜん》で、よき友《とも》とよき友《とも》は、二年《にねん》ぶりで相会《あいお》うた。メロスは、友《とも》にいっさいの事情《じじょう》を語《かた》った。セリヌンティウスは無言《むごん》でうなずき、メロスをひしと抱《だ》きしめた。友《とも》と友《とも》の間《あいだ》は、それでよかった。セリヌンティウスは、縄打《なわう》たれた。メロスは、すぐに出発《しゅっぱつ》した。初夏《しょか》、

磔刑《たっけい》
はりつけの刑罰《けいばつ》。

やつばら
やつら。複数《ふくすう》の人《ひと》を卑《いや》しめていう語《ご》。

満天《まんてん》の星《ほし》である。

　メロスはその夜《よる》、一睡《いっすい》もせず十里《じゅうり》の道《みち》を急《いそ》ぎに急《いそ》いで、村《むら》へ到着《とうちゃく》したのは、あくる日《ひ》の午前《ごぜん》、日《ひ》はすでに高《たか》くのぼって、村人《むらびと》たちは野《の》に出《で》て仕事《しごと》をはじめていた。メロスの十六の妹《いもうと》も、きょうは兄《あに》の代《か》わりに羊群《ようぐん》の番《ばん》をしていた。よろめいて歩《ある》いてくる兄《あに》の、*疲労困憊《ひろうこんばい》の姿《すがた》を見《み》つけて驚《おどろ》いた。そうして、うるさく兄《あに》に質問《しつもん》を浴《あ》びせた。

「なんでもない。」メロスは無理《むり》に笑《わら》おうと努《つと》めた。「市《し》に用事《ようじ》を残《のこ》して来《き》た。またすぐ市《し》に行《い》かなければならぬ。あす、おまえの結婚式《けっこんしき》をあげる。早《はや》いほうがよかろう。」

　妹《いもうと》は頰《ほお》をあからめた。

「うれしいか。綺麗《きれい》な衣装《いしょう》も買《か》ってきた。さあ、これから行《い》って、村《むら》の人《ひと》たちに知《し》らせてこい。結婚式《けっこんしき》は、あすだと。」

　メロスは、また、よろよろと歩《ある》き出《だ》し、家《いえ》へ帰《かえ》って神々《かみがみ》の祭壇《さいだん》を飾《かざ》り、祝宴《しゅくえん》の席《せき》を調《ととの》え、まもなく床《とこ》に倒《たお》れ伏《ふ》し、呼吸《こきゅう》もせぬくらいの深《ふか》い眠《ねむ》りに落《お》ちてしまった。

　目《め》がさめたのは夜《よる》だった。メロスは起《お》きてすぐ、花婿《はなむこ》の家《いえ》を訪《おとず》れた。そうして、少《すこ》し事情《じじょう》があるから、結婚式《けっこんしき》をあすにしてくれ、と頼《たの》んだ。婿《むこ》の牧人《ぼくじん》は驚《おどろ》き、それはいけない、こちらにはまだなんのしたくもできていない、ぶどうの季節《きせつ》まで待《ま》ってくれ、と答《こた》えた。メロスは、待《ま》つことはできぬ、どうかあすにしてくれたまえ、とさらに押《お》してたのんだ。婿《むこ》の牧人《ぼくじん》も頑強《がんきょう》であった。なかなか承諾《しょうだく》してくれない。夜明《よあ》けまで議論《ぎろん》をつづ

疲労困憊《ひろうこんぱい》　疲《つか》れ果《は》ててしまうこと。

けて、やっと、どうにか婿《むこ》をなだめ、すかして、説《と》きふせた。

結婚式《けっこんしき》は、真昼《まひる》に行《おこ》なわれた。新郎《しんろう》新婦《しんぷ》の、神々《かみがみ》への宣誓《せんせい》が済《す》んだころ、黒雲《くろくも》が空《そら》を覆《おお》い、ぽつりぽつり雨《あめ》が降《ふ》り出《だ》し、やがて車軸《しゃじく》を流《なが》すような大雨《おおあめ》となった。祝宴《しゅくえん》に列席《れっせき》していた村人《むらびと》たちは、何《なに》か不吉《ふきつ》なものを感《かん》じたが、それでも、めいめい気持《きも》ちを引《ひ》きたて、狭《せま》い家《いえ》の中《なか》で、むんむん蒸《む》し暑《あつ》いのもこらえ、陽気《ようき》に歌《うた》をうたい、手《て》を拍《う》った。メロスも、満面《まんめん》に喜色《きしょく》をたたえ、しばらくは、王《おう》とのあの約束《やくそく》をさえ忘《わす》れていた。

祝宴《しゅくえん》は、夜《よる》に入《はい》っていよいよ乱《みだ》れ、はなやかになり、人々《ひとびと》は、外《そと》の豪雨《ごうう》を全《まった》く気《き》にしなくなった。メロスは、一《いっ》生《しょう》このままここにいたい、と思《おも》った。

このよい人《ひと》たちと生涯暮《しょうがいく》らしていきたいと願《ねが》ったが、いまは、自分《じぶん》のからだで、自分《じぶん》のものではない。ままならぬことである。メロスは、わが身《み》に鞭打《むちう》ち、ついに出発《しゅっぱつ》を決意《けつい》した。あすの日没《にちぼつ》までには、まだ充分《じゅうぶん》の時《とき》がある。ちょっと一眠《ひとねむ》りして、それからすぐに出発《しゅっぱつ》しよう、と考《かんが》えた。そのころには、雨《あめ》も小降《こぶ》りになっていよう。少《すこ》しでも長《なが》くこの家《いえ》にぐずぐずとどまっていたかった。メロスほどの男《おとこ》にも、やはり未練《みれん》の情《じょう》というものはある。こよい*呆然《ぼうぜん》、歓喜《かんき》に酔《よ》っているらしい花嫁《はなよめ》に近寄《ちかよ》り、

「おめでとう。私《わたし》は疲《つか》れてしまったから、ちょっとご免《めん》こうむって眠《ねむ》りたい。目《め》がさめたら、すぐに市《し》に出《で》かける。たいせつな用事《ようじ》があるのだ。私《わたし》がいなくても、もうおまえには優《やさ》しい亭主《ていしゅ》があるのだから、決《けっ》して寂《さび》しいことはない。おまえの兄《あに》の、いちばんきらいなものは、人《ひと》を疑《うたが》うことと、それから、うそをつくことだ。おまえも、それは、知《し》っているね。亭主《ていしゅ》との間《あいだ》に、どんな秘密《ひみつ》でも作《つく》ってはならぬ。おまえに言《い》いたいのは、それだけだ。おまえの兄《あに》は、たぶん偉《えら》い男《おとこ》なのだから、おまえもその誇《ほこ》りを持《も》っていろ。」

花嫁《はなよめ》は、夢見《ゆめみ》ごこちでうなずいた。メロスは、それから花婿《はなむこ》の肩《かた》をたたいて、

「したくのないのはお互《たが》いさまさ。私《わたし》の家《いえ》にも、宝《たから》といっては、妹《いもうと》と羊《ひつじ》だけだ。ほかには、何《なに》もない。全部《ぜんぶ》あげよう。もう一《ひと》つ、メロスの弟《おとうと》になったことを誇《ほこ》ってくれ。」

花婿《はなむこ》はもみ手《て》して、てれていた。メロスは笑《わら》って村人《むらびと》たちにも会釈《えしゃく》して、宴席《えんせき》から立《た》ち去《さ》り、羊小屋《ひつじごや》にもぐり込《こ》んで、死《し》んだように深《ふか》く眠《ねむ》った。

目《め》がさめたのは翌《あく》る日《ひ》の*薄明《はくめい》のころである。メロスははね起《お》き、*南無三《なむさん》、寝過《ねす》ごした

呆然《ぼうぜん》
気《き》が抜《ぬ》けて、ぼんやりしたさま。

薄明《はくめい》のころ
日《ひ》の出《で》のすぐ前《まえ》の時間《じかん》。

南無三《なむさん》
驚《おどろ》いた時《とき》や失敗《しっぱい》した時《とき》、また、事《こと》の成功《せいこう》を祈《いの》る時《とき》に発《はっ》する語《ご》。さあ、大変《たいへん》だ！

か、いや、まだまだ大丈夫《だいじょうぶ》、これからすぐに出発《しゅっぱつ》すれば、約束《やくそく》の刻限《こくげん》までには充分間《じゅうぶんま》に合《あ》う。きょうはぜひとも、あの王《おう》に、人《ひと》の信実《しんじつ》の存《そん》するところを見《み》せてやろう。そうして笑《わら》って磔《はりつけ》の台《だい》に上《のぼ》ってやる。メロスは、悠々《ゆうゆう》と身《み》じたくをはじめた。雨《あめ》も、いくぶん小降《こぶ》りになっている様子《ようす》である。身《み》じたくはできた。さて、メロスは、ぶるんと両腕《りょううで》を大《おお》きく振《ふ》って、雨中《うちゅう》、矢《や》のごとく走《はし》り出《で》た。

私《わたし》は、こよい、殺《ころ》される。殺《ころ》されるために走《はし》るのだ。身代《みが》わりの友《とも》を救《すく》うために走《はし》るのだ。王《おう》の＊奸佞邪智《かんねいじゃち》を打《う》ち破《やぶ》るために走《はし》るのだ。走《はし》らなければならぬ。そうして、私《わたし》は殺《ころ》される。若《わか》い時《とき》から名誉《めいよ》を守《まも》れ。さらば、ふるさと。若《わか》いメロスは、つらかった。いくどか、立《た》ちどまりそうになった。えい、えいと大声《おおごえ》あげて自身《じしん》をしかりながら走《はし》った。

村《むら》を出《で》て、野《の》を横切《よこぎ》り、森《もり》をくぐり抜《ぬ》け、隣《とな》り村《むら》に着《つ》いたころには、雨《あめ》もやみ、日《ひ》は高《たか》くのぼって、そろそろ暑《あつ》くなってきた。メロスは額《ひたい》の汗《あせ》をこぶしで払《はら》い、ここまで来《く》れば大丈夫《だいじょうぶ》、もはや故郷《こきょう》への未練《みれん》はない。妹《いもうと》たちは、きっとよい夫婦《ふうふ》になるだろう。私《わたし》には、いま、なんの気《き》がかりもないはずだ。まっすぐに王城《おうじょう》に行《い》き着《つ》けば、それでよいのだ。そんなに急《いそ》ぐ必要《ひつよう》もない。ゆっくり歩《ある》こう、と持《も》ちまえののんきさを取《と》り返《かえ》し、好《す》きな小歌《こうた》をいい声《こえ》で歌《うた》い出《だ》した。ぶらぶら歩《ある》いて二里《にり》行《い》き三里《さんり》行《い》き、そろそろ全里程《ぜんりてい》の半《なか》ばに到達《とうたつ》したころ、降《ふ》ってわいた災難《さいなん》、メロスの足《あし》は、はたと、とまった。

見《み》よ、前方《ぜんぽう》の川《かわ》を。きのうの豪雨《ごうう》で山《やま》の水源地《すいげんち》は氾濫《はんらん》し、＊濁流滔々《だくりゅうとうとう》と下流《かりゅう》に集《あつ》まり、猛勢一挙《もうせいいっきょ》に橋《はし》を破壊《はかい》し、どうどうと響《ひび》きをあげる激流《げきりゅう》が、木《こ》っぱみじんに橋《はし》げたをはね

奸佞邪智《かんねいじゃち》　ゆがんだ心《こころ》で悪知《わるぢ》恵《え》を働《はたら》かせ、人《ひと》に取《と》り入《い》ろうとすること。

濁流滔々《だくりゅうとうとう》　にごった水《みず》が激《はげ》しく流《なが》れるさま。

とばしていた。彼《かれ》は茫然《ぼうぜん》と、立《た》ちすくんだ。あちこちとながめまわし、また、声《こえ》を限《かぎ》りに呼《よ》びたててみたが、繫舟《けいしゅう》は残《のこ》らず波《なみ》にさらわれて影《かげ》なく、渡《わた》し守《もり》の姿《すがた》も見《み》えない。流《なが》れはいよいよ、ふくれ上《あ》がり、海《うみ》のようになっている。メロスは川岸《かわぎし》にうずくまり、男《おとこ》泣《な》きに泣《な》きながらゼウスに手《て》をあげて哀願《あいがん》した。

「ああ、鎮《しず》めたまえ、荒《あ》れ狂《くる》う流《なが》れを！　時《とき》は刻々《こっこく》に過《す》ぎていきます。太陽《たいよう》もすでに真《ま》昼時《ひるどき》です。あれが沈《しず》んでしまわぬうちに、王城《おうじょう》に行《い》き着《つ》くことができなかったら、あのよい友《とも》だちが、私《わたし》のために死《し》ぬのです。」

濁流《だくりゅう》は、メロスの叫《さけ》びをせせら笑《わら》うごとく、ますます激《はげ》しくおどり狂《くる》う。波《なみ》は波《なみ》を飲《の》み、巻《ま》き、あおり立《た》て、そうして時《とき》は、刻一刻《こくいっこく》と消《き》えていく。今《いま》はメロスも覚悟《かくご》した。泳《およ》ぎ切《き》るよりほかにない。ああ、神々《かみがみ》も照覧《しょうらん》あれ！　濁流《だくりゅう》にも負《ま》けぬ愛《あい》と誠《まこと》の偉大《いだい》な力《ちから》を、いまこそ発揮《はっき》して見《み》せる。メロスは、ざんぶと流《なが》れに飛《と》び込《こ》み、百匹《ひゃっぴき》の大蛇《だいじゃ》のようにのた打《う》ち荒《あ》れ狂《くる》う波《なみ》を相手《あいて》に、必死《ひっし》の闘争《とうそう》を開始《かいし》した。満身《まんしん》の力《ちから》を腕《うで》にこめて、押《お》し寄《よ》せ渦巻《うずま》き引《ひ》きずる流《なが》れを、なんのこれしきとかきわけかきわけ、めくらめっぽう獅子《しし》*奮迅《ふんじん》の人《ひと》の子《こ》の姿《すがた》には、神《かみ》も哀《あわ》れと思《おも》ったか、ついに憐愍《れんびん》をたれてくれた。押《お》し流《なが》されつつも、みごと、対岸《たいがん》の樹木《じゅもく》の幹《みき》に、すがりつくことができたのである。

ありがたい。メロスは馬《うま》のように大《おお》きな胴震《どうぶる》いを一《ひと》つして、すぐにまた先《さ》きを急《いそ》いだ。一刻《いっこく》といえども、むだにはできない。日《ひ》はすでに西《にし》に傾《かたむ》きかけている。ぜいぜい荒《あら》い呼吸《こきゅう》をしながら峠《とうげ》をのぼり、のぼり切《き》って、ほっとした時《とき》、突然《とつぜん》、目《め》の前《まえ》に一隊《いったい》の山賊《さんぞく》

獅子奮迅《ししふんじん》　獅子《しし》がふるい立《た》ったように、勢《いきお》いのきわめて盛《さか》んなこと。

がおどり出《で》た。

「待《ま》て。」

「何《なに》をするのだ。私《わたし》は日《ひ》の沈《しず》まぬうちに王城《おうじょう》へ行《い》かなければならぬ。放《はな》せ。」

「どっこい放《はな》さぬ。持《も》ちもの全部《ぜんぶ》を置《お》いていけ。」

「私《わたし》には、いのちのほかには何《なに》もない。その、たった一《ひと》つのいのちも、これから王《おう》にくれてやるのだ。」

「その、いのちがほしいのだ。」

「さては、王《おう》の命令《めいれい》で、ここで私《わたし》を待《ま》ち伏《ぶ》せしていたのだな。」

山賊《さんぞく》たちは、ものも言《い》わずいっせいにこん棒《ぼう》を振《ふ》りあげた。メロスはひょいと、からだを折《お》り曲《ま》げ、飛鳥《ひちょう》のごとく身《み》ぢかの一人《ひとり》に襲《おそ》いかかり、そのこん棒《ぼう》を奪《うば》い取《と》って、

「気《き》の毒《どく》だが、正義《せいぎ》のためだ！」と猛然一撃《もうぜんいちげき》、たちまち、三人《さんにん》を殴《なぐ》り倒《たお》し、残《のこ》る者《もの》のひるむすきに、さっさと走《はし》って峠《とうげ》をくだった。

一気《いっき》に峠《とうげ》を駆《か》け降《お》りたが、さすがに疲労《ひろう》し、おりから午後《ごご》の灼熱《しゃくねつ》の太陽《たいよう》がまともに、かっと照《て》ってきて、メロスはいくどとなくめまいを感《かん》じ、これではならぬ、と気《き》を取《と》り直《なお》しては、よろよろ二《に》、三歩《さんぼ》あるいて、ついに、がくりとひざを折《お》った。立《た》ち上《あ》がることができぬのだ。天《てん》を仰《あお》いで、くやし泣《な》きに泣《な》き出《だ》した。

ああ、あ、濁流《だくりゅう》を泳《およ》ぎ切《き》り、山賊《さんぞく》を三人《さんにん》も撃《う》ち倒《たお》し、*韋駄天《いだてん》、ここまで突破《とっぱ》してきたメロスよ。真《しん》の勇者《ゆうしゃ》、メロスよ。今《いま》、ここで、疲《つか》れ切《き》って動《うご》けなくなるとは情《なさ》けない。

韋駄天《いだてん》
バラモン教《きょう》の神《かみ》で、シヴァ神《しん》の子《こ》とされる。よく走《はし》る神《かみ》として知《し》られている。転《てん》じて、足《あし》の速《はや》い人《ひと》。

愛《あい》する友《とも》は、おまえを信《しん》じたばかりに、やがて殺《ころ》されなければならぬ。おまえは、*稀代《きだい》の不信《ふしん》の人間《にんげん》、まさしく王《おう》の思《おも》うつぼだぞ、と自分《じぶん》をしかってみるのだが、全身《ぜんしん》なえて、もはや芋虫《いもむし》ほどにも前進《ぜんしん》かなわぬ。*路傍《ろぼう》の草原《そうげん》にごろりと寝《ね》ころがった。身体疲労《しんたいひろう》すれば、精神《せいしん》もともにやられる。もう、どうでもいいという、勇者《ゆうしゃ》に不似合《ふにあ》いなふてくされた根性《こんじょう》が、心《こころ》のすみに巣《す》くった。

私《わたし》は、これほど努力《どりょく》したのだ。約束《やくそく》を破《やぶ》る心《こころ》は、みじんもなかった。神《かみ》も照覧《しょうらん》、私《わたし》は精《せい》いっぱいに努《つと》めてきたのだ。動《うご》けなくなるまで走《はし》ってきたのだ。私《わたし》は不信《ふしん》の徒《と》ではない。ああ、できることなら私《わたし》の胸《むね》を断《た》ち割《わ》って、真紅《しんく》の心臓《しんぞう》をお目《め》にかけたい。愛《あい》と信《しん》実《じつ》の血液《けつえき》だけで動《うご》いているこの心臓《しんぞう》を見《み》せてやりたい。けれども私《わたし》は、このだいじな時《とき》に、精《せい》も根《こん》も尽《つ》きたのだ。私《わたし》は、よくよく不幸《ふこう》な男《おとこ》だ。私《わたし》は、きっと笑《わら》われる。私《わたし》の一家《いっか》も笑《わら》われる。私《わたし》は友《とも》を欺《あざむ》いた。中途《ちゅうと》で倒《たお》れるのは、はじめから何《なに》もしないのと同《おな》じことだ。ああ、もう、どうでもいい。これが、私《わたし》の定《さだ》まった運命《うんめい》なのかもしれない。

セリヌンティウスよ、ゆるしてくれ。君《きみ》は、いつでも私《わたし》を信《しん》じた。私《わたし》も君《きみ》を、欺《あざむ》かなかった。私《わたし》たちは、ほんとうによい友《とも》と友《とも》であったのだ。いちどだって、暗《くら》い疑惑《ぎわく》の雲《くも》を、お互《たが》い胸《むね》に宿《やど》したことはなかった。いまだって、君《きみ》は私《わたし》を無心《むしん》に待《ま》っているだろう。ああ、待《ま》っているだろう。ありがとう、セリヌンティウス。よくも私《わたし》を信《しん》じてくれた。それを思《おも》えば、たまらない。友《とも》と友《とも》の間《あいだ》の信実《しんじつ》は、この世《よ》でいちばん誇《ほこ》るべき宝《たから》なのだ

稀代《きだい》 世《よ》の中《なか》にまれな。

路傍《ろぼう》 道《みち》ばた。

からな。

　セリヌンティウス、私《わたし》は走《はし》ったのだ。君《きみ》を欺《あざむ》くつもりは、みじんもなかった。信《しん》じてくれ！　私《わたし》は急《いそ》ぎに急《いそ》いでここまで来《き》たのだ。濁流《だくりゅう》を突破《とっぱ》した。山賊《さんぞく》の囲《かこ》みからも、するりと抜《ぬ》けて一気《いっき》に峠《とうげ》を駆《か》け降《お》りてきたのだ。私《わたし》だから、できたのだよ。ああ、この上《うえ》、私《わたし》に望《のぞ》みたもうな。ほうっておいてくれ。どうでも、いいのだ。私《わたし》は負《ま》けたのだ。だらしがない。笑《わら》ってくれ。

　王《おう》は私《わたし》に、ちょっとおくれてこい、と耳打《みみう》ちした。おくれたら、身代《みが》わりを殺《ころ》して、私《わたし》を助《たす》けてくれると約束《やくそく》した。私《わたし》は王《おう》の卑劣《ひれつ》を憎《にく》んだ。けれども、今《いま》になってみると、私《わたし》は王《おう》の言《い》うままになっている。私《わたし》は、おくれていくだろう。王《おう》は、一人合点《ひとりがてん》して私《わたし》を笑《わら》い、そうしてこともなく私《わたし》を放免《ほうめん》するだろう。そうなったら、私《わたし》は、死《し》ぬよりつらい。私《わたし》は、永遠《えいえん》に裏切《うらぎ》り者《もの》だ。地上《ちじょう》で最《もっと》も、不名誉《ふめいよ》の人種《じんしゅ》だ。セリヌンティウスよ、私《わたし》も死《し》ぬぞ。君《きみ》といっしょに死《し》なせてくれ。君《きみ》だけは私《わたし》を信《しん》じてくれるにちがいない。いや、それも私《わたし》の、一人《ひとり》よがりか？　ああ、もういっそ、悪徳者《あくとくしゃ》として生《い》き伸《の》びてやろうか。

　村《むら》には私《わたし》の家《いえ》がある。羊《ひつじ》もいる。妹夫婦《いもうとふうふ》は、まさか私《わたし》を村《むら》から追《お》い出《だ》すようなことはしないだろう。正義《せいぎ》だの、信実《しんじつ》だの、愛《あい》だの、考《かんが》えてみれば、くだらない。人《ひと》を殺《ころ》して自分《じぶん》が生《い》きる。それが人間世界《にんげんせかい》の定法《じょうほう》ではなかったか。ああ、何《なに》もかも、ばかばかしい。私《わたし》は、醜《みにく》い裏切《うらぎ》り者《もの》だ。どうとも、勝手《かって》にするがよい。*やんぬるかな。——四肢《しし》を投《な》げ出《だ》して、うとうと、まどろんでしまった。

やんぬるかな
もうおしまいだ。今《いま》となってはどうにも仕方《しかた》がない。

ふと耳《みみ》に、潺々《せんせん》、水《みず》の流《なが》れる音《おと》が聞《き》こえた。そっと頭《あたま》をもたげ、息《いき》をのんで耳《みみ》をすました。すぐ足《あし》もとで、水《みず》が流《なが》れているらしい。よろよろ起《お》き上《あ》がって、見《み》ると、岩《いわ》の裂《さ》け目《め》からこんこんと、何《なに》か小《ちい》さくささやきながら清水《しみず》がわき出《で》ているのである。その泉《いずみ》に吸《す》い込《こ》まれるようにメロスは身《み》をかがめた。水《みず》を両手《りょうて》ですくって、ひとくち飲《の》んだ。ほうと長《なが》いため息《いき》が出《で》て、夢《ゆめ》からさめたような気《き》がした。歩《ある》ける。行《い》こう。肉体《にくたい》の疲労《ひろう》回復《かいふく》とともに、わずかながら希望《きぼう》が生《う》まれた。義務遂行《ぎむすいこう》の希望《きぼう》である。わが身《み》を殺《ころ》して、名誉《めいよ》を守《まも》る希望《きぼう》である。

斜陽《しゃよう》は赤《あか》い光《ひかり》を、木々《きぎ》の葉《は》に投《とう》じ、葉《は》も枝《えだ》も燃《も》えるばかりに輝《かがや》いている。日没《にちぼつ》までには、まだ間《ま》がある。私《わたし》を、待《ま》っている人《ひと》があるのだ。少《すこ》しも疑《うたが》わず、静《しず》かに期待《きたい》してくれている人《ひと》があるのだ。私《わたし》は、信《しん》じられている。私《わたし》のいのちなぞは、問題《もんだい》ではない。死《し》んでおわび、などと気《き》のいいことは言《い》っておられぬ。私《わたし》は、信頼《しんらい》に報《むく》いなければならぬ。いまはただその一事《いちじ》だ。走《はし》れ！　メロス。

私《わたし》は信頼《しんらい》されている。私《わたし》は信頼《しんらい》されている。先刻《せんこく》の、あの悪魔《あくま》のささやきは、あれは夢《ゆめ》だ。悪《わる》い夢《ゆめ》だ。忘《わす》れてしまえ。五臓《ごぞう》が疲《つか》れているときは、ふいとあんな悪《わる》い夢《ゆめ》を見《み》るものだ。メロス、おまえの恥《はじ》ではない。やはり、おまえは真《まこと》の勇者《ゆうしゃ》だ。再《ふたた》び立《た》って走《はし》れるようになったではないか。ありがたい！　私《わたし》は、正義《せいぎ》の士《し》として死《し》ぬことができるぞ。ああ、日《ひ》が沈《しず》む。ずんずん沈《しず》む。待《ま》ってくれ、ゼウスよ。私《わたし》は生《う》まれた時《とき》から正直《しょうじき》な男《おとこ》であった。正直《しょうじき》な男《おとこ》のままにして死《し》なせてください。

道行《みちゆ》く人《ひと》を押《お》しのけ、はねとばし、メロスは黒《くろ》い風《かぜ》のように走《はし》った。野原《のはら》で酒宴《しゅえん》の、その宴席《えんせき》のまっただ中《なか》を駆《か》け抜《ぬ》け、酒宴《しゅえん》の人《ひと》たちを仰天《ぎょうてん》させ、犬《いぬ》を蹴《け》とばし、小川《おがわ》を飛《と》び越《こ》え、少《すこ》しずつ沈《しず》んでゆく太陽《たいよう》の、十倍《じゅうばい》も早《はや》く走《はし》った。一団《いちだん》の旅人《たびびと》とさっとすれちがった瞬間《しゅんかん》、不吉《ふきつ》な会話《かいわ》を小耳《こみみ》にはさんだ。

「いまごろは、あの男《おとこ》も、磔《はりつけ》にかかっているよ。」

ああ、その男《おとこ》、その男《おとこ》のために私《わたし》は、いまこんなに走《はし》っているのだ。その男《おとこ》を死《し》なせてはならない。急《いそ》げ、メロス。おくれてはならぬ。愛《あい》と誠《まこと》の力《ちから》を、いまこそ知《し》らせてやるがよい。風態《ふうてい》なんかは、どうでもいい。メロスは、いまは、ほとんど全裸体《ぜんらたい》であった。呼吸《こきゅう》もできず、二度《にど》、三度《さんど》、口《くち》から血《ち》がふき出《で》た。見《み》える。はるか向《む》こうに小《ちい》さく、シラクスの市《し》の*塔楼《とうろう》が見《み》える。塔楼《とうろう》は、夕日《ゆうひ》を受《う》けてきらきら光《ひか》っている。

「ああ、メロス様《さま》。」うめくような声《こえ》が、風《かぜ》とともに聞《き》こえた。

「誰《だれ》だ。」メロスは走《はし》りながら尋《たず》ねた。

「フィロストラトスでございます。あなたのお友達《ともだち》セリヌンティウス様《さま》の弟子《でし》でございます。」その若《わか》い石工《いしく》も、メロスのあとについて走《はし》りながら叫《さけ》んだ。「もうだめでございます。むだでございます。走《はし》るのは、やめてください。もう、あのかたをお助《たす》けになることはできません。」

「いや、まだ日《ひ》は沈《しず》まぬ。」

「ちょうど今《いま》、あのかたが死刑《しけい》になるところです。ああ、あなたはおそかった。おうら

塔楼《とうろう》 高《たか》くそびえる建《たて》物《もの》。また塔状《とうじょう》の形《かたち》をした建物《たてもの》。

み申《もう》します。ほんの少《すこ》し、もうちょっとでも、早《はや》かったなら！」

「いや、まだ日《ひ》は沈《しず》まぬ。」メロスは胸《むね》の張《は》り裂《さ》ける思《おも》いで、赤《あか》く大《おお》きい夕日《ゆうひ》ばかりを見《み》つめていた。走《はし》るよりほかはない。

「やめてください。走《はし》るのは、やめてください。いまはご自分《じぶん》のお命《いのち》がだいじです。あのかたは、あなたを信《しん》じておりました。刑場《けいじょう》に引《ひ》き出《だ》されても、平気《へいき》でいました。王様《おうさま》が、さんざんあのかたをからかっても、メロスは来《き》ます、とだけ答《こた》え、強《つよ》い信念《しんねん》を持《も》ちつづけている様子《ようす》でございました。」

「それだから、走《はし》るのだ。信《しん》じられているから走《はし》るのだ。間《ま》に合《あ》う、間《ま》に合《あ》わぬは問題《もんだい》でないのだ。人《ひと》のいのちも問題《もんだい》でないのだ。私《わたし》は、なんだか、もっと恐《おそ》ろしく大《おお》きいもののために走《はし》っているのだ。ついてこい！　フィロストラトス。」

「ああ、あなたは＊気《き》が狂《くる》ったか。それでは、うんと走《はし》るがいい。ひょっとしたら、間《ま》に合《あ》わぬものでもない。走《はし》るがいい。」

言《い》うにや及《およ》ぶ。まだ日《ひ》は沈《しず》まぬ。最後《さいご》の死力《しりょく》を尽《つ》くして、メロスは走《はし》った。メロスの頭《あたま》は、からっぽだ。何一《なにひと》つ考《かんが》えていない。ただ、わけのわからぬ大《おお》きな力《ちから》にひきずられて走《はし》った。日《ひ》は、ゆらゆら地平線《ちへいせん》に没《ぼっ》し、まさに最後《さいご》の一片《いっぺん》の残光《ざんこう》も、消《き》えようとした時《とき》、メロスは疾風《しっぷう》のごとく刑場《けいじょう》に突入《とつにゅう》した。間《ま》に合《あ》った。

「待《ま》て。その人《ひと》を殺《ころ》してはならぬ。メロスが帰《かえ》ってきた。約束《やくそく》のとおり、いま、帰《かえ》ってきた。」と大声《おおごえ》で刑場《けいじょう》の群衆《ぐんしゅう》にむかって叫《さけ》んだつもりであったが、喉《のど》がつぶれてしわが

気《き》が狂《くる》う　精神状態《せいしんじょうたい》が乱《みだ》れること。今《いま》は使《つか》わない言葉《ことば》。

れた声《こえ》がかすかに出《で》たばかり、群衆《ぐんしゅう》は、一人《ひとり》として彼《かれ》の到着《とうちゃく》に気《き》がつかない。すでに磔《はりつけ》の柱《はしら》が高々《たかだか》と立《た》てられ、縄《なわ》を打《う》たれたセリヌンティウスは、徐々《じょじょ》に釣《つ》り上《あ》げられてゆく。

メロスはそれを目撃《もくげき》して最後《さいご》の勇《ゆう》、先刻《せんこく》、濁流《だくりゅう》を泳《およ》いだように群衆《ぐんしゅう》をかきわけ、かきわけ、

「私《わたし》だ、刑吏《けいり》！　殺《ころ》されるのは、私《わたし》だ。メロスだ。彼《かれ》を人質《ひとじち》にした私《わたし》は、ここにいる！」と、かすれた声《こえ》で精《せい》いっぱいに叫《さけ》びながら、ついに磔台《はりつけだい》にのぼり、釣《つ》り上《あ》げられてゆく友《とも》の両足《りょうあし》に、かじりついた。

群衆《ぐんしゅう》は、どよめいた。あっぱれ。ゆるせ、と口々《くちぐち》にわめいた。セリヌンティウスの縄《なわ》は、ほどかれたのである。

「セリヌンティウス。」メロスは目《め》に涙《なみだ》を浮《う》かべて言《い》った。

「私《わたし》を殴《なぐ》れ。力《ちから》いっぱいに頰《ほお》を殴《なぐ》れ。私《わたし》は、途中《とちゅう》で一度《いちど》、悪《わる》い夢《ゆめ》を見《み》た。君《きみ》がもし私《わたし》を殴《なぐ》ってくれなかったら、私《わたし》は君《きみ》と抱擁《ほうよう》する資格《しかく》さえないのだ。殴《なぐ》れ。」

セリヌンティウスは、すべてを察《さっ》した様子《ようす》でうなずき、刑場《けいじょう》一《いっ》ぱいに鳴《な》り響《ひび》くほど音《おと》高《たか》くメロスの右頰《みぎほお》を殴《なぐ》った。殴《なぐ》ってから優《やさ》しくほほえみ、

「メロス、私《わたし》を殴《なぐ》れ。同《おな》じくらい音高《おとたか》く私《わたし》の頰《ほお》を殴《なぐ》れ。私《わたし》はこの三日《みっか》の間《あいだ》、たった一度《いちど》だけ、ちらと君《きみ》を疑《うたが》った。生《う》まれて、はじめて君《きみ》を疑《うたが》った。君《きみ》が私《わたし》を殴《なぐ》ってくれなければ、私《わたし》は君《きみ》と抱擁《ほうよう》できない。」

メロスは腕《うで》にうなりをつけてセリヌンティウスの頬《ほお》を殴《なぐ》った。

「ありがとう、友《とも》よ。」二人同時《ふたりどうじ》に言《い》い、ひしと抱《だ》き合《あ》い、それからうれし泣《な》きにおいおい声《こえ》を放《はな》って泣《な》いた。

群衆《ぐんしゅう》の中《なか》からも、歔欷《すすりなき》の声《こえ》が聞《き》こえた。暴君《ぼうくん》ディオニスは、群衆《ぐんしゅう》の背後《はいご》から二人《ふたり》のさまを、まじまじと見《み》つめていたが、やがて静《しず》かに二人《ふたり》に近《ちか》づき、顔《かお》をあからめて、こう言《い》った。

「おまえらの望《のぞ》みはかなったぞ。おまえらは、わしの心《こころ》に勝《か》ったのだ。信実《しんじつ》とは、決《けっ》して空虚《くうきょ》な妄想《もうそう》ではなかった。どうか、わしも仲間《なかま》に入《い》れてくれまいか。どうか、わしの願《ねが》いを聞《き》き入《い》れて、おまえらの仲間《なかま》の一人《ひとり》にしてほしい。」

どっと群衆《ぐんしゅう》の間《あいだ》に、歓声《かんせい》が起《お》こった。

「万歳《ばんざい》、王様万歳《おうさまばんざい》。」

一人《ひとり》の少女《しょうじょ》が、緋《ひ》のマントをメロスにささげた。メロスは、まごついた。よき友《とも》は、気《き》をきかせて教《おし》えてやった。

「メロス、君《きみ》は、まっぱだかじゃないか。早《はや》くそのマントを着《き》るがいい。このかわいい娘《むすめ》さんは、メロスの裸体《らたい》を、皆《みな》に見《み》られるのが、たまらなくくやしいのだ。」

勇者《ゆうしゃ》は、ひどく赤面《せきめん》した。

（*古伝説《こでんせつ》と、シルレルの詩《し》から。）

古伝説《こでんせつ》と、シルレルの詩《し》から この作品《さくひん》の題材《だいざい》は、古代《こだい》ローマの著作家《ちょさくか》ヒュギーヌスの名《な》で伝《つた》わる『神話伝説集《しんわでんせつしゅう》』とドイツの文豪《ぶんごう》、シラーの詩《し》『人質《ひとじち》』であると窺《うかが》うことができる。

雪《ゆき》の夜《よ》の話《はなし》

あの日《ひ》、朝《あさ》から、雪《ゆき》が降《ふ》っていたわね。もうせんから、とりかかっていたおツルちゃん（姪《めい》）の*モンペができあがったので、あの日《ひ》、学校《がっこう》の帰《かえ》り、それをとどけに中野《なかの》の叔《お》母《ば》さんのうちに寄《よ》ったの。そうして、スルメを二枚《にまい》お土産《みやげ》にもらって、吉祥寺駅《きちじょうじえき》に着《つ》いた時《とき》には、もう暗《くら》くなっていて、雪《ゆき》は*一尺以上《いっしゃくいじょう》も積《つ》もり、なおその上《うえ》やまず、ひそひそと降《ふ》っていました。

私《わたし》は長靴《ながぐつ》をはいていたので、かえって気持《きも》ちがはずんで、わざと雪《ゆき》の深《ふか》く積《つ》もっているところを選《えら》んで歩《ある》きました。おうちの近《ちか》くのポストのところまで来《き》て、小脇《こわき》にかかえていたスルメの新聞包《しんぶんづつ》みがないのに気《き》がつきました。私《わたし》はのんき者《もの》の抜《ぬ》けさんだけれども、それでも、ものを落《お》としたりなどしたことはあまりなかったのに、その夜《よる》は、降《ふ》り積《つ》もる雪《ゆき》に興奮《こうふん》してはしゃいで歩《ある》いていたせいでしょうか、落《お》としちゃったの。私《わたし》は、

モンペ
腰《こし》まわりをゆるく仕立《した》て、すそを足《あし》首《くび》のところで絞《しぼ》ったズボン状《じょう》の衣《い》服《ふく》。

一尺《いっしゃく》
約《やく》三十センチメートル。

しょんぼりしてしまいました。

スルメを落《お》としてがっかりするなんて、下品《げひん》なことで恥《は》ずかしいのですが、でも、私《わたし》はそれをお嫂《ねえ》さんにあげようと思《おも》っていたの。うちのお嫂《ねえ》さんは、ことしの夏《なつ》に赤《あか》ちゃんを産《う》むのよ。おなかに赤《あか》ちゃんがいると、とてもおなかが空《す》くんだって。おなかの赤《あか》ちゃんと二人《ふたり》ぶん食《た》べなければいけないのね。お嫂《ねえ》さんは私《わたし》と違《ちが》って身《み》だしなみがよくてお上品《じょうひん》なので、これまではそれこそ「カナリヤのお食事《しょくじ》」みたいに軽《かる》く召《め》し上《あ》がって、そうして間食《かんしょく》なんて一度《いちど》もなさったことはないのに、このごろはおなかが空《す》いて、恥《は》ずかしいとおっしゃって、それからふっと妙《みょう》なものを食《た》べたくなるんですって。

こないだもお嫂《ねえ》さんは私《わたし》と一緒《いっしょ》にお夕食《ゆうしょく》の後片《あとかた》づけをしながら、ああ口《くち》がにがいにがい、スルメか何《なに》かしゃぶりたいわ、と小《ち》さい声《こえ》で言《い》ってため息《いき》をついていらしたのを私《わたし》は忘《わす》れていないので、その日偶然《ひぐうぜん》、中野《なかの》の叔母《おば》さんからスルメを二枚《にまい》もらって、これはお嫂《ねえ》さんにこっそりあげましょうとたのしみにして持《も》ってきたのに、落《お》としちゃって、私《わたし》はしょんぼりしてしまいました。

ご存《ぞん》じのように、私《わたし》の家《いえ》は兄《にい》さんとお嫂《ねえ》さんと私《わたし》と三人暮《さんにんぐら》しで、そうして兄《にい》さんは少《すこ》しお変人《へんじん》の小説家《しょうせつか》で、もう四十ちかくなるのにちっとも有名《ゆうめい》でないし、そうしていつも貧乏《びんぼう》で、からだぐあいが悪《わる》いと言《い》って寝《ね》たり起《お》きたり、そのくせ口《くち》だけは達者《たっしゃ》で、何《なん》だかんだとうるさく私《わたし》たちに口《くち》こごとを言《い》い、そうしてただ口《くち》で言《い》うばかりでご自分《じぶん》はちっとも家《いえ》のことに手助《てだす》けしてくれないので、お嫂《ねえ》さんは男《おとこ》の力仕事《ちからしごと》までしなければならず、とても気《き》の毒《どく》なんです。ある日《ひ》、私《わたし》は＊義憤《ぎふん》を感《かん》じて、「兄《にい》さん、たまにはリュックサックをしょって、野菜《やさい》でも買《か》ってきてくださいな。よその旦那《だんな》さまは、たいていそうしているらしいわよ。」

と言《い》ったら、ぶっとふくれて、

「馬鹿野郎《ばかやろう》！　おれはそんな下品《げひん》な男《おとこ》じゃない。いいかい、きみ子《こ》（お嫂《ねえ》さんの名前《なまえ》）もよく覚《おぼ》えておけ。おれたち一家《いっか》が餓《う》え死《じ》にしかけても、おれはあんな、あさましい買《か》い出《だ》しなんかに出掛《でか》けやしないのだから、そのつもりでいてくれ。それはおれの最後《さいご》の誇《ほこ》りなんだ。」

なるほどお覚悟《かくご》はご立派《りっぱ》ですが、でも兄《にい》さんの場合《ばあい》、お国《くに》のためを思《おも》って買《か》い出《だ》し部隊《ぶたい》を憎《にく》んでおられるのか、ご自分《じぶん》の不精《ぶしょう》から買《か》い出《だ》しをいやがっておられるのか、ちょっとわからないところがございます。

私《わたし》の父《ちち》も母《はは》も東京《とうきょう》の人間《にんげん》ですが、父《ちち》は東北《とうほく》の山形《やまがた》のお役所《やくしょ》に長《なが》くつとめていて、兄《にい》さんも私《わたし》も山形《やまがた》で生《う》まれ、お父《とう》さんは山形《やまがた》でなくなられ、兄《にい》さんが二十《はたち》くらい、私《わたし》がまだほんの子供《こども》でお母《かあ》さんにおんぶされて、親子三人《おやこさんにん》、また東京《とうきょう》へ帰《かえ》ってきて、先年《せんねん》お母《かあ》さんもなくなって、いまでは兄《にい》さんとお嫂《ねえ》さんと私《わたし》と三人《さんにん》の家庭《かてい》で、故郷《こきょう》というものもないのですから、他《ほか》のご家庭《かてい》のように、食《た》べ物《もの》を田舎《いなか》から送《おく》っていただくわけにもいかず、また兄《にい》さんはお変人《へんじん》で、よそとのお付《つ》き合《あ》いもまるでないので、思《おも》いがけなくめずらしいものが「手《て》にはいる」などということは全然《ぜんぜん》ありませんし、たかだかスルメ二枚《にまい》でも

義憤《ぎふん》　正義《せいぎ》・人道《じんどう》の行《おこな》われないことを憤《いきどお》ること。

お嫂《ねえ》さんに差《さ》し上《あ》げたら、どんなにかお喜《よろこ》びなさることかと思《おも》えば、下品《げひん》なことでしょうけれども、スルメ二枚《にまい》が惜《お》しくて、私《わたし》はくるりと回《まわ》れ右《みぎ》して、いまきた雪道《ゆきみち》をゆっくり歩《ある》いて捜《さが》しました。

けれども、見《み》つかるわけはありません。白《しろ》い雪道《ゆきみち》に白《しろ》い新聞包《しんぶんづつ》みを見《み》つけることはひどくむずかしい上《うえ》に、雪《ゆき》がやまず降《ふ》り積《つ》もり、吉祥寺《きちじょうじ》の駅《えき》ちかくまで引《ひ》き返《かえ》していったのですが、石《いし》ころ一《ひと》つ見《み》あたりませんでした。

ため息《いき》をついて傘《かさ》を持《も》ち直《なお》し、暗《くら》い夜空《よぞら》を見上《みあ》げたら、雪《ゆき》が百万《ひゃくまん》の蛍《ほたる》のように乱《みだ》れ狂《くる》って舞《ま》っていました。きれいだなあ、と思《おも》いました。道《みち》の両側《りょうがわ》の樹々《きぎ》は、雪《ゆき》をかぶって重《おも》そうに枝《えだ》を垂《た》れ時々《ときどき》ためいきをつくようにかすかに身動《みうご》きをして、まるで、なんだか、おとぎばなしの世界《せかい》にいるような気持《きも》ちになって私《わたし》は、スルメのことをわすれました。

はっと*妙案《みょうあん》が胸《むね》に浮《う》かびました。この美《うつく》しい雪景色《ゆきげしき》を、お嫂《ねえ》さんに持《も》っていってあげよう。スルメなんかより、どんなによいお土産《みやげ》かしれやしない。食《た》べ物《もの》なんかにこだわるのは、いやしいことだ。本当《ほんとう》に、はずかしいことだ。

人間《にんげん》の眼玉《めだま》は、風景《ふうけい》をたくわえることができると、いつか兄《にい》さんが教《おし》えてくださった。電球《でんきゅう》をちょっとのあいだ見《み》つめて、それから眼《め》をつぶってもまぶたの裏《うら》にありありと電《でん》球《きゅう》が見《み》えるだろう、それが証拠《しょうこ》だ、それについて、むかしデンマークに、こんな話《はなし》があった、と兄《にい》さんが次《つぎ》のような短《みじか》いロマンスを私《わたし》に教《おし》えてくださったが、兄《にい》さんのお話《はなし》は、いつもでたらめばっかりで、少《すこ》しもあてにならないけれど、でもあの時《とき》のお話《はなし》だけ

妙案《みょうあん》 すぐれた案《あん》。よい思《おも》いつき。

は、たとい兄《にい》さんの嘘《うそ》のつくり話《ばなし》であっても、ちょっといいお話《はなし》だと思《おも》いました。

むかし、デンマークのあるお医者《いしゃ》が、難破《なんぱ》した若《わか》い*水夫《すいふ》の死体《したい》を解剖《かいぼう》して、その眼球《がんきゅう》を顕微鏡《けんびきょう》でもって調《しら》べその網膜《もうまく》に美《うつく》しい一家団欒《いっかだんらん》の光景《こうけい》が写《うつ》されているのを見《み》つけて、友人《ゆうじん》の小説家《しょうせつか》にそれを報告《ほうこく》したところが、その小説家《しょうせつか》はたちどころにその不思議《ふしぎ》の現象《げんしょう》に対《たい》して次《つぎ》のような解説《かいせつ》を与《あた》えた。

その若《わか》い水夫《すいふ》は難破《なんぱ》して怒濤《どとう》に巻《ま》き込《こ》まれ、岸《きし》にたたきつけられ、無我夢中《むがむちゅう》でしがみついたところは、灯台《とうだい》の窓縁《まどぶち》であった、やれうれしや、たすけを求《もと》めて叫《さけ》ぼうとして、ふと窓《まど》の中《なか》をのぞくと、いましも灯台守《とうだいもり》の一家《いっか》がつつましくも楽《たの》しい夕食《ゆうしょく》をはじめようとしている、ああ、いけない、おれがいま「たすけてえ！」とすごい声《こえ》を出《だ》して叫《さけ》ぶとこの一家《いっか》の団欒《だんらん》が滅茶苦茶《めちゃくちゃ》になると思《おも》ったら、窓縁《まどぶち》にしがみついた指先《ゆびさき》の力《ちから》が抜《ぬ》けたとたんに、ざあっとまた大波《おおなみ》が来《き》て、水夫《すいふ》のからだを沖《おき》に連《つ》れていってしまったのだ、たしかにそうだ、この水夫《すいふ》は世《よ》の中《なか》で一《いち》ばん優《やさ》しくてそうして気高《けだか》い人《ひと》なのだ、という解《かい》釈《しゃく》を下《くだ》し、お医者《いしゃ》もそれに賛成《さんせい》して、二人《ふたり》でその水夫《すいふ》の死体《したい》をねんごろに葬《ほうむ》ったというお話《はなし》。

私《わたし》はこのお話《はなし》を信《しん》じたい。たとい科学《かがく》の上《うえ》ではありえない話《はなし》でも、それでも私《わたし》は信《しん》じたい。私《わたし》はあの雪《ゆき》の夜《よ》に、ふとこの物語《ものがたり》を思《おも》い出《だ》し、私《わたし》の眼《め》の底《そこ》にも美《うつく》しい雪景色《ゆきげしき》を写《うつ》しておいてお家《うち》へ帰《かえ》り、

「お嫂《ねえ》さん、あたしの眼《め》の中《なか》をのぞいてごらん。おなかの赤《あか》ちゃんが綺麗《きれい》になってよ。」

水夫《すいふ》 舟乗《ふなの》り。昔《むかし》の言《い》い方《かた》で今《いま》は使《つか》わない言葉《ことば》。

と言《い》おうと思《おも》ったのです。せんだってお嫂《ねえ》さんが、兄《にい》さんに、

「綺麗《きれい》なひとの絵姿《えすがた》を私《わたし》の部屋《へや》の壁《かべ》にはっておいてくださいまし。私《わたし》は毎日《まいにち》それを眺《なが》めて、綺麗《きれい》な子供《こども》を産《う》みとうございますから。」と笑《わら》いながらお願《ねが》いしたら、兄《にい》さんは、まじめにうなずき、

「うむ、*胎教《たいきょう》か。それは大事《だいじ》だ。」

とおっしゃって、孫次郎《まごじろう》というあでやかな能面《のうめん》の写真《しゃしん》と、雪《ゆき》の小面《こおもて》という可憐《かれん》な能面《のうめん》の写真《しゃしん》と二枚《にまい》ならべて壁《かべ》にはりつけてくださったところまでは上出来《じょうでき》でございましたが、それから、さらにまた、兄《にい》さんのしかめつらの写真《しゃしん》をその二枚《にまい》の能面《のうめん》の写真《しゃしん》の間《あいだ》に、ぴたりとはりつけましたので、なんにもならなくなりました。

「お願《ねが》いですから、その、あなたのお写真《しゃしん》だけはよしてください。それを眺《なが》めると、私《わたし》、胸《むね》がわるくなって。」

と、おとなしいお嫂《ねえ》さんも、さすがに我慢《がまん》できなかったのでしょう、拝《おが》むようにして兄《にい》さんにたのんで、とにかくそれだけは撤回《てっかい》させてもらいましたが、兄《にい》さんのお写真《しゃしん》なんかを眺《なが》めていたら、猿面冠者《さるめんかんじゃ》みたいな赤《あか》ちゃんが生《う》まれるに違《ちが》いない。兄《にい》さんは、あんな妙《みょう》ちきりんな顔《かお》をしていて、それでもご自身《じしん》では少《すこ》しは美男子《びなんし》だと思《おも》っているのかしら。呆《あき》れたひとです。本当《ほんとう》にお嫂《ねえ》さんはいま、おなかの赤《あか》ちゃんのために、この世《よ》で一《いち》ばん美《うつく》しいものばかりを眺《なが》めていたいと思《おも》っていらっしゃるのだ、きょうのこの雪景色《ゆきげしき》を私《わたし》の眼《め》の底《そこ》に写《うつ》して、そうしてお嫂《ねえ》さんに見《み》せてあげたら、お嫂《ねえ》さんはスルメなんかのお

胎教《たいきょう》 妊婦《にんぷ》が精神的《せいしんてき》な安《あん》定《てい》や胎児《たいじ》によい影《えい》響《きょう》を与《あた》えようとして見聞《みき》きしたりすること。

土産《みやげ》より、何倍《なんばい》も何十倍《なんじゅうばい》もよろこんでくださるに違《ちが》いない。

私《わたし》はスルメをあきらめてお家《うち》に帰《かえ》る途々《みちみち》、できるだけ、どっさり周囲《しゅうい》の美《うつく》しい雪景色《ゆきげしき》を眺《なが》めて、眼玉《めだま》の底《そこ》だけでなく、胸《むね》の底《そこ》にまで、純白《じゅんぱく》の美《うつく》しい景《け》色《しき》を宿《やど》した気持《きも》ちでお家《うち》へ帰《かえ》り着《つ》くなり、

「お嫂《ねえ》さん、あたしの眼《め》を見《み》てよ、あたしの眼《め》の底《そこ》には、とっても美《うつく》しい景《け》色《しき》がいっぱい写《うつ》っているのよ。」

「なあに？　どうなさったの？」お嫂《ねえ》さんは笑《わら》いながら立《た》って私《わたし》の肩《かた》に手《て》を置《お》き、「おめめを、いったい、どうなさったの？」

「ほら、いつか兄《にい》さんが教《おし》えてくださったじゃないの。人間《にんげん》の眼《め》の底《そこ》には、たったいま見《み》た景色《けしき》が消《き》えずに残《のこ》って

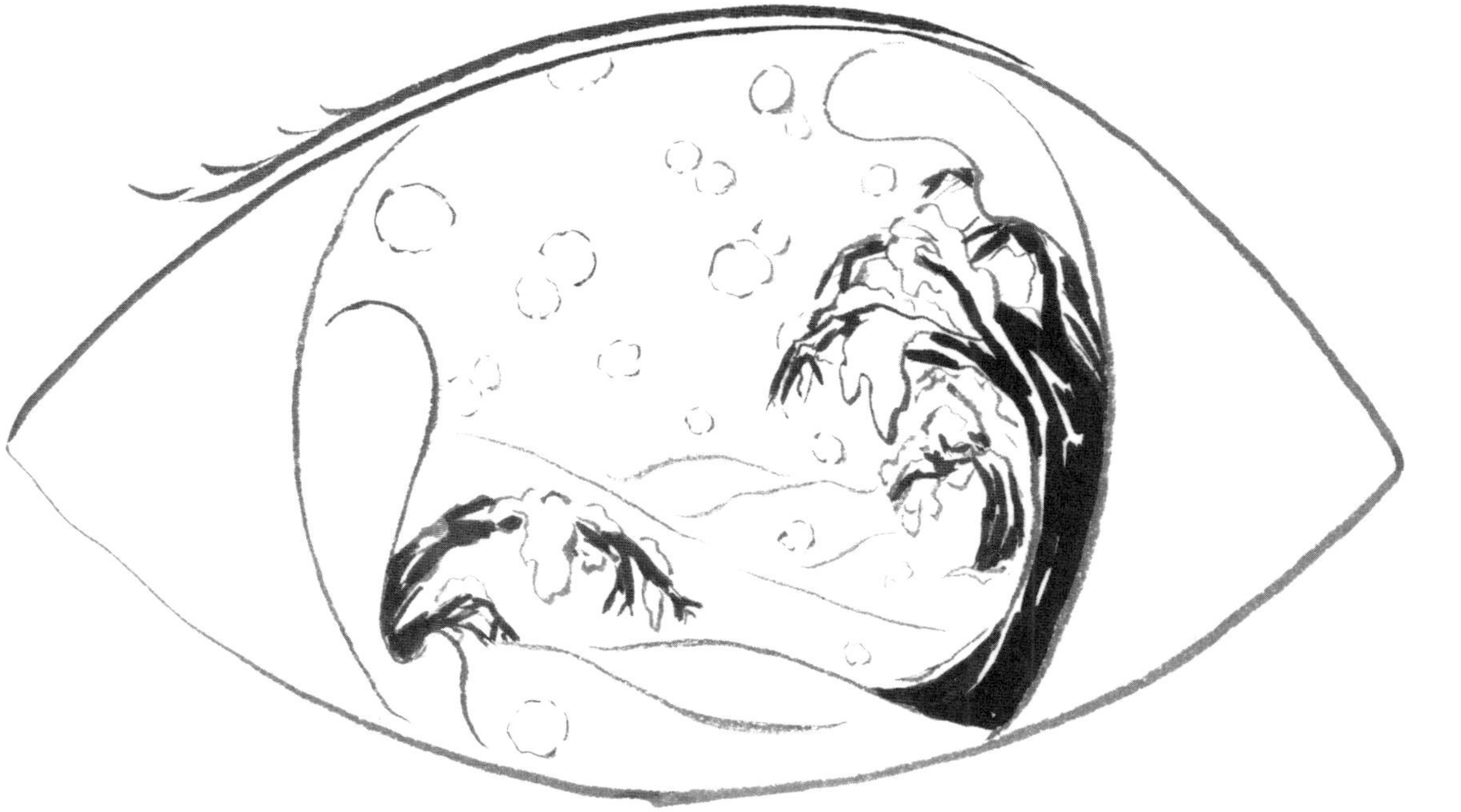

いるものだって。」

「とうさんのお話《はなし》なんか、忘《わす》れたわ。たいてい嘘《うそ》なんですもの。」

「でも、あのお話《はなし》だけは本当《ほんとう》よ。あたしは、あれだけは信《しん》じたいの、だから、ね、あたしの眼《め》を見《み》てよ。あたしはいま、とっても美《うつく》しい雪景色《ゆきげしき》をたくさんたくさん見《み》てきたんだから。ね、あたしの眼《め》を見《み》て。きっと、雪《ゆき》のように肌《はだ》の綺麗《きれい》な赤《あか》ちゃんが生《う》まれてよ。」

お嫂《ねえ》さんは、かなしそうな顔《かお》をして、黙《だま》って私《わたし》の顔《かお》を見《み》つめていました。

「おい。」

とその時《とき》、隣《とな》りの六畳間《ろくじょうま》から兄《にい》さんが出《で》てきて、

「しゅん子《こ》(私《わたし》の名前《なまえ》)のそんなつまらない眼《め》を見《み》るよりは、おれの眼《め》を見《み》たほうが百倍《ひゃくばい》も効果《こうか》があらあ。」

「なぜ?　なぜ?」

ぶってやりたいくらい兄《にい》さんを憎《にく》く思《おも》いました。

「兄《にい》さんの眼《め》なんか見《み》ていると、お嫂《ねえ》さんは、胸《むね》がわるくなるって言《い》っていらしたわ。」

「そうでもなかろう。おれの眼《め》は、二十年間《ねんかん》きれいな雪景色《ゆきげしき》を見《み》てきた眼《め》なんだ。おれは、はたちの頃《ころ》まで山形《やまがた》にいたんだ。しゅん子《こ》なんて、物心地《ものごこち》のつかないうちに、もう東京《とうきょう》へ来《き》て山形《やまがた》の見事《みごと》な雪景色《ゆきげしき》を知《し》らないから、こんな東京《とうきょう》のちゃちな雪景色《ゆきげしき》を見《み》て騒《さわ》いでいやがる。おれの眼《め》なんかは、もっと見事《みごと》な雪景色《ゆきげしき》を、百倍《ひゃくばい》も千倍《せんばい》もいやになるく

らいどっさり見《み》てきているんだからね、何《なん》と言《い》ったって、しゅん子《こ》の眼《め》よりは上等《じょうとう》さ。」

私《わたし》はくやしくて泣《な》いてやろうかしらと思《おも》いました。その時《とき》、お嫂《ねえ》さんが私《わたし》を助《たす》けてくださった。お嫂《ねえ》さんは微笑《ほほえ》んで静《しず》かにおっしゃいました。

「でもね、とうさんのお眼《め》は、綺麗《きれい》な景色《けしき》を百倍《ひゃくばい》も千倍《せんばい》も見《み》てきたかわりに、きたないものも百倍《ひゃくばい》も千倍《せんばい》も見《み》てこられたお眼《め》ですものね。」

「そうよ、そうよ。プラスよりも、マイナスがずっと多《おお》いのよ。だからそんなに黄色《きいろ》く濁《にご》っているんだ。わあい、だ。」

「生意気《なまいき》を言《い》っていやがる。」

兄《にい》さんは、ぶっとふくれて隣《とな》りの六畳間《ろくじょうま》に引《ひ》っ込《こ》みました。

猿《さる》ヶ《が》島《しま》

はるばると海《うみ》を越《こ》えて、この島《しま》に着《つ》いたときの私《わたし》の憂愁《ゆうしゅう》を思《おも》いたまえ。夜《よる》なのか昼《ひる》なのか、島《しま》は深《ふか》い霧《きり》に包《つつ》まれて眠《ねむ》っていた。私《わたし》は眼《め》をしばたたいて、島《しま》の全貌《ぜんぼう》を見《み》すかそうと努《つと》めたのである。裸《はだか》の大《おお》きい岩《いわ》が急《きゅう》な勾配《こうばい》を作《つく》っていくつもいくつも積《つ》みかさなり、ところどころに洞窟《どうくつ》のくろい口《くち》のあいているのがおぼろに見《み》えた。これは山《やま》であろうか。一本《いっぽん》の青草《あおくさ》もない。

私《わたし》は岩山《いわやま》の岸《きし》に沿《そ》うてよろよろと歩《ある》いた。あやしい呼《よ》び声《ごえ》がときどき聞《き》こえる。さほど遠《とお》くからでもない。狼《おおかみ》であろうか。熊《くま》であろうか。しかし、ながい旅路《たびじ》の疲《つか》れから、私《わたし》はかえって大胆《だいたん》になっていた。私《わたし》はこういう*咆哮《ほうこう》をさえ気《き》にかけず島《しま》をめぐり歩《ある》いたのである。

私《わたし》は島《しま》の単調《たんちょう》さに驚《おどろ》いた。歩《ある》いても歩《ある》いても、こつこつの固《かた》い道《みち》である。右手《みぎて》は岩山《いわやま》

咆哮《ほうこう》 獣《けもの》が、激《はげ》しくほえさけぶこと。また、その声《こえ》。

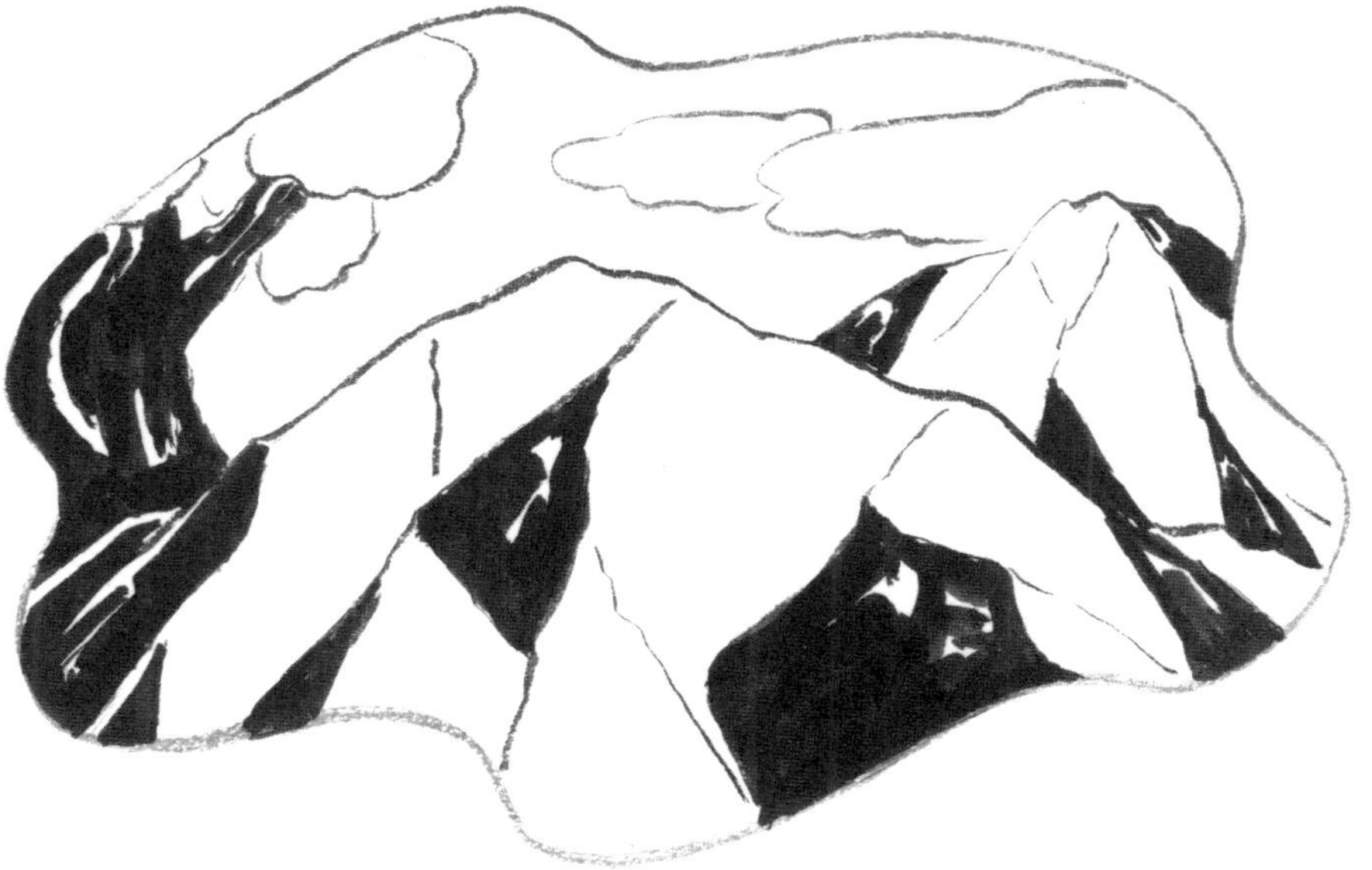

であって、すぐ左手《ひだりて》には粗《あら》い胡麻石《ごまいし》がほとんど垂直《すいちょく》にそそり立《た》っているのだ。そのあいだに、いま私《わたし》の歩《ある》いているこの道《みち》が、*六尺《ろくしゃく》ほどの幅《はば》で、たんたんとつづいている。

　道《みち》のつきるところまで歩《ある》こう。言《い》うすべもない混乱《こんらん》と疲労《ひろう》から、なにものも恐《おそ》れぬ勇気《ゆうき》を得《え》ていたのである。ものの*半里《はんり》も歩《ある》いたろうか。私《わたし》は、再《ふたた》びもとの出発点《しゅっぱつてん》に立《た》っていた。私《わたし》は道《みち》が岩山《いわやま》をぐるっとめぐってついてあるのを了解《りょうかい》した。おそらく、私《わたし》はおなじ道《みち》を二度《にど》ほどめぐったにちがいない。私《わたし》は島《しま》が思《おも》いのほかに小《ちい》さいのを知《し》った。

　霧《きり》は次第《しだい》にうすらぎ、山《やま》のいただきが私《わたし》のすぐ額《ひたい》のうえにのしかかって見《み》えだした。峯《みね》が三《みっ》つ。まんなかの円《まる》い

六尺《ろくしゃく》　約《やく》百八十センチメートル。

半里《はんり》　約《やく》二キロメートル。

峯《みね》は、高《たか》さが＊三《さん》、四丈《よんじょう》もあるであろうか。様々《さまざま》の色《いろ》をしたひらたい岩《いわ》で畳《たた》まれ、その片《かた》側《がわ》の傾斜《けいしゃ》がゆるく流《なが》れて隣《となり》の小《ちい》さくとがった峯《みね》へ伸《の》び、もう一方《いっぽう》の側《がわ》の傾斜《けいしゃ》は、けわしい断崖《だんがい》をなしてその峯《みね》の中腹《ちゅうふく》あたりにまで滑《すべ》り落《お》ち、それからまたふくらみがむくむく起《おこ》って、ひろい丘《おか》になっている。

断崖《だんがい》と丘《おか》のはざまから、細《ほそ》い滝《たき》がひとすじ流《なが》れ出《で》ていた。滝《たき》の附近《ふきん》の岩《いわ》はもちろん、島全体《しまぜんたい》が濃《こ》い霧《きり》のために＊黝《あおぐろ》く濡《ぬ》れているのである。木《き》が二本見《にほんみ》える。滝口《たきぐち》に、一本《いっぽん》。樫《かし》に似《に》たのが。丘《おか》の上《うえ》にも、一本《いっぽん》。えたいの知《し》れぬふとい木《き》が。そうして、いずれも枯《か》れている。

私《わたし》はこの荒涼《こうりょう》の風景《ふうけい》を眺《なが》めて、しばらくぼんやりしていた。霧《きり》はいよいようすらいで、日《ひ》の光《ひかり》がまんなかの峯《みね》にさし始《はじ》めた。霧《きり》にぬれた峯《みね》は、かがやいた。朝日《あさひ》だ。それが朝《あさ》日《ひ》であるか、夕日《ゆうひ》であるか、私《わたし》にはその香気《こうき》でもって識別《しきべつ》することができるのだ。それでは、いまは夜明《よあ》けなのか。

私《わたし》は、いくぶんすがすがしい気持《きも》ちになって、山《やま》をよじ登《のぼ》ったのである。見《み》た眼《め》には、けわしそうでもあるが、こうして登《のぼ》ってみると、きちんきちんと足《あし》だまりができていて、さほど難渋《なんじゅう》でない。とうとう滝口《たきぐち》にまではい登《のぼ》った。

ここには朝日《あさひ》がまっすぐにあたり、なごやかな風《かぜ》さえ頬《ほお》に感《かん》ぜられるのだ。私《わたし》は樫《かし》に似《に》た木《き》の傍《かたわら》へ行《い》って、腰《こし》をおろした。これは、ほんとうに樫《かし》であろうか、それとも楢《なら》か樅《もみ》であろうか。私《わたし》は梢《こずえ》までずっと見《み》あげたのである。枯《か》れた細《ほそ》い枝《えだ》が五《ご》、六本《ろっぽん》、空《そら》にむ

三《さん》、四丈《よんじょう》 約《やく》九〜十二メートル。

黝《あおぐろ》く 青《あお》みを帯《お》びた黒《くろ》色《いろ》。

かい、手《て》ぢかなところにある枝《えだ》は、たいていぶざまにへし折《お》られていた。登《のぼ》ってみようか。

　ふぶきのこえ
　われをよぶ
風《かぜ》の音《おと》であろう。私《わたし》はするする登《のぼ》り始《はじ》めた。
　とらわれの
　われをよぶ
気疲《きづか》れがひどいと、さまざまな歌声《うたごえ》がきこえるものだ。私《わたし》は梢《こずえ》にまで達《たっ》した。梢《こずえ》の枯《かれ》枝《えだ》を二《に》、三度《さんど》ばさばさゆすぶってみた。
　いのちともしき
　われをよぶ
足《あし》だまりにしていた枯枝《かれえだ》がぽきっと折《お》れた。不覚《ふかく》にも私《わたし》は、ずるずる幹《みき》づたいに滑《すべ》り落《お》ちた。
「折《お》ったな。」
その声《こえ》を、つい頭《あたま》の上《うえ》で、はっきり聞《き》いた。私《わたし》は幹《みき》にすがって立《た》ちあがり、うつろな眼《め》で声《こえ》のありかを捜《さが》したのである。ああ。戦慄《せんりつ》が私《わたし》の背《せ》を走《はし》る。朝日《あさひ》を受《う》けて金色《きんいろ》にかがやく断崖《だんがい》を一匹《いっぴき》の猿《さる》がのそのそと降《お》りてくるのだ。私《わたし》のからだの中《なか》でそれまで眠《ねむ》らされていたものが、いちどにきらっと光《ひか》り出《だ》した。

「降《お》りてこい。枝《えだ》を折《お》ったのはおれだ。」

「それは、おれの木《き》だ。」

崖《がけ》を降《お》りつくした彼《かれ》は、そう答《こた》えて滝口《たきぐち》のほうへ歩《ある》いてきた。私《わたし》は身構《みがま》えた。彼《かれ》はまぶしそうに額《ひたい》へたくさんのしわをよせて、私《わたし》の姿《すがた》をじろじろ眺《なが》め、やがて、まっ白《しろ》い歯《は》をむきだして笑《わら》った。笑《わら》いは私《わたし》をいらだたせた。

「おかしいか。」

「おかしい。」彼《かれ》は言《い》った。「海《うみ》を渡《わた》ってきたろう。」

「うん。」私《わたし》は滝口《たきぐち》からもくもく湧《わ》いて出《で》る波《なみ》の模様《もよう》を眺《なが》めながらうなずいた。せま苦《くる》しい箱《はこ》の中《なか》で過《す》ごしたながい旅路《たびじ》を回想《かいそう》したのである。

「なんだか知《し》れぬが、おおきい海《うみ》を。」

「うん。」また、うなずいてやった。

「やっぱり、おれと同《おな》じだ。」

彼《かれ》はそう呟《つぶや》き、滝口《たきぐち》の水《みず》をすくって飲《の》んだ。いつの間《ま》にか、私《わたし》たちは並《なら》んで坐《すわ》っていたのである。

「ふるさとが同《おな》じなのさ。一目《ひとめ》、見《み》ると判《わか》る。おれたちの国《くに》のものは、みんな耳《みみ》が光《ひか》っているのだよ。」

彼《かれ》は私《わたし》の耳《みみ》を強《つよ》くつまみあげた。私《わたし》は怒《おこ》って、彼《かれ》のそのいたずらした右手《みぎて》を掻《か》いてやった。それから私《わたし》たちは顔《かお》を見合《みあわ》せて笑《わら》った。私《わたし》は、なにやらくつろいだ気分《きぶん》になっ

ていたのだ。

けたたましい叫《さけ》び声《ごえ》がすぐ身《み》ぢかで起《おこ》った。おどろいて振《ふ》りむくと、ひとむれの尾《お》の太《ふと》い毛《け》むくじゃらな猿《さる》が、丘《おか》のてっぺんに陣《じん》どって私《わたし》たちへ吠《ほ》えかけているのである。私《わたし》は立《た》ちあがった。

「よせ、よせ。こっちへ手《て》むかっているのじゃないよ。吠《ほ》え猿《ざる》という奴《やつ》さ。毎朝《まいあさ》あんなにして太陽《たいよう》に向《むか》って吠《ほ》えたてるのだ。」

私《わたし》は呆然《ぼうぜん》と立《た》ちつくした。どの山《やま》の峯《みね》にも、猿《さる》がいっぱいにむらがり、背《せ》をまるくして朝日《あさひ》を浴《あ》びているのである。

「これは、みんな猿《さる》か。」

私《わたし》は夢《ゆめ》みるようであった。

「そうだよ。しかし、おれたちとちがう猿《さる》だ。ふるさとがちがうのさ。」

私《わたし》は彼等《かれら》を一匹一匹《いっぴきいっぴき》たんねんに眺《なが》め渡《わた》した。ふさふさした白《しろ》い毛《け》を朝風《あさかぜ》に吹《ふ》かせながら児猿《こざる》に乳《ちち》を飲《の》ませている者《もの》。赤《あか》い大《おお》きな鼻《はな》を空《そら》にむけてなにかしら歌《うた》っている者《もの》。縞《しま》の美事《みごと》な尾《お》を振《ふ》りながら日光《にっこう》のなかでつるんでいる者《もの》。しかめつらをして、せわしげにあちこちと散歩《さんぽ》している者《もの》。

私《わたし》は彼《かれ》にささやいた。

「ここは、どこだろう。」

彼《かれ》は*慈悲《じひ》ふかげな眼《まな》ざしで答《こた》えた。

慈悲《じひ》
慈《いつく》しみ憐《あわ》れむこと。

「おれも知《し》らないのだよ。しかし、日本《にっぽん》ではないようだ。」

「そうか。」私《わたし》はため息《いき》をついた。「でも、この木《き》は木曽樫《きそがし》のようだが。」

彼《かれ》は振《ふ》りかえって枯木《かれき》の幹《みき》をぴたぴたと叩《たた》き、ずっと梢《こずえ》を見《み》あげたのである。

「そうでないよ。枝《えだ》の生《は》えかたがちがうし、それに、木肌《きはだ》の日《ひ》の反射《はんしゃ》のしかただって鈍《にぶ》いじゃないか。もっとも、芽《め》が出《で》てみないと判《わか》らぬけれど。」

私《わたし》は立《た》ったまま、枯木《こぼく》へ寄《よ》りかかって彼《かれ》に尋《たず》ねた。

「どうして芽《め》が出《で》ないのだ。」

「春《はる》から枯《か》れているのさ。おれがここへ来《き》たときにも枯《か》れていた。あれから、四月《しがつ》、五《ご》月《がつ》、六月《ろくがつ》、と三《み》つきも経《た》っているが、しなびて行《い》くだけじゃないか。これは、ことに依《よ》ったら挿木《さしき》でないかな。根《ね》がないのだよ、きっと。あっちの木《き》は、もっとひどいよ。奴等《やつら》のくそだらけだ。」

そう言《い》って彼《かれ》は、吠《ほ》え猿《ざる》の一群《いちぐん》を指《ゆび》さした。吠《ほ》え猿《ざる》は、もうなきやんでいて、島《しま》は割《わり》合《あい》に平静《へいせい》であった。

「坐《すわ》らないか。話《はなし》をしよう。」

私《わたし》は彼《かれ》にぴったりくっついて坐《すわ》った。

「ここは、いいところだろう。この島《しま》のうちでは、ここがいちばんいいのだよ。日《ひ》があたるし、木《き》があるし、おまけに、水《みず》の音《おと》が聞《き》こえるし。」彼《かれ》は脚下《きゃっか》の小《ち》さい滝《たき》を満足《まんぞく》げに見《み》おろしたのである。「おれは、日本《にっぽん》の北方《ほっぽう》の海峡《かいきょう》ちかくに生《うま》れたのだ。夜《よる》になると波《なみ》の音《おと》がかすかにどぶんどぶんと聞《き》こえたよ。波《なみ》の音《おと》って、いいものだな。なんだかじわじわ胸《むね》をそそるよ。」

私《わたし》もふるさとのことを語《かた》りたくなった。

「おれには、水《みず》の音《おと》よりも木《き》がなつかしいな。日本《にっぽん》の中部《ちゅうぶ》の山《やま》の奥《おく》の奥《おく》で生《う》まれたものだから。青葉《あおば》の香《かおり》はいいぞ。」

「それあ、いいさ。みんな木《き》をなつかしがっているよ。だから、この島《しま》にいる奴《やつ》は誰《だれ》にしたって、一本《いっぽん》でも木《き》のあるところに坐《すわ》りたいのだよ。」言《い》いながら彼《かれ》は股《また》の毛《け》をわけて、深《ふか》い赤黒《あかぐろ》い傷跡《きずあと》をいくつも私《わたし》に見《み》せた。「ここをおれの場所《ばしょ》にするのに、こんな苦労《くろう》をしたのさ。」

私《わたし》は、この場所《ばしょ》から立《た》ち去《さ》ろうと思《おも》った。「おれは、知《し》らなかったものだから。」

「いいのだよ。構《かま》わないのだよ。おれは、ひとりぼっちなのだ。いまから、ここを二人《ふたり》の場所《ばしょ》にしてもいい。だが、もう枝《えだ》を折《お》らないようにしろよ。」

霧《きり》はまったく晴《は》れ渡《わた》って、私《わたし》たちのすぐ眼《め》のまえに、異様《いよう》な風景《ふうけい》が現出《げんしゅつ》したのである。

青葉《あおば》。それがまず私《わたし》の眼《め》にしみた。私《わたし》には、いまの季節《きせつ》がはっきりわかった。ふるさとでは、椎《しい》の若葉《わかば》が美《うつく》しい頃《ころ》なのだ。私《わたし》は首《くび》をふりふりこの並木《なみき》の青葉《あおば》を眺《なが》めた。しかし、そういう*陶酔《とうすい》も瞬時《しゅんじ》に破《やぶ》れた。私《わたし》はふたたび驚愕《きょうがく》の眼《め》を見《み》はったのである。青葉《あおば》の下《した》には、水《みず》を打《う》った砂利道《じゃりみち》が涼《すず》しげに敷《し》かれていて、白《しろ》いよそおいをした瞳《ひとみ》の青《あお》い人間《にんげん》たちが、流《なが》れるようにぞろぞろ歩《ある》いている。まばゆい鳥《とり》の羽《はね》を頭《あたま》につけた女《おんな》もいた。蛇《へび》の皮《かわ》

陶酔《とうすい》
心《こころ》を奪《うば》われてうっとりすること。

のふとい杖《つえ》をゆるやかに振《ふ》って右左《みぎひだり》に微笑《びしょう》を送《おく》る男《おとこ》もいた。

彼《かれ》は私《わたし》のわななく胴体《どうたい》をつよく抱《いだ》き、口早《くちばや》にささやいた。

「おどろくなよ。毎日《まいにち》こうなのだ。」

「どうなるのだ。みんなおれたちを狙《ねら》っている。」山《やま》で捕《とら》われ、この島《しま》につくまでの私《わたし》のむざんな経歴《けいれき》が思《おも》い出《だ》され、私《わたし》は下唇《したくちびる》を噛《か》みしめた。

「見《み》せ物《もの》だよ。おれたちの見《み》せ物《もの》だよ。だまって見《み》ていろ。面白《おもしろ》いこともあるよ。」

彼《かれ》はせわしげにそう教《おし》えて、片手《かたて》ではなおも私《わたし》のからだを抱《だ》きかかえ、もう一方《いっぽう》の手《て》であちこちの人間《にんげん》を指《ゆび》さしつつ、ひそひそ物語《ものがた》って聞《き》かせたのである。

あれは人妻《ひとづま》といって、亭主《ていしゅ》のおもちゃになるか、亭主《ていしゅ》の支配者《しはいしゃ》になるか、ふたとおりの生《い》きかたしか知《し》らぬ女《おんな》で、もしかしたら人間《にんげん》の臍《へそ》というものが、あんな形《かたち》であるかも知《し》れぬ。あれは学者《がくしゃ》と言《い》って、死《し》んだ天才《てんさい》にめいわくな註釈《ちゅうしゃく》をつけ、生《う》まれる天才《てんさい》をたしなめながらめしを食《く》っているおかしな奴《やつ》だが、おれはあれを見《み》るたびに、なんとも知《し》れず眠《ねむ》たくなるのだ。あれは女優《じょゆう》と言《い》って、舞台《ぶたい》にいるときよりもすがおでいるときのほうが芝居《しばい》の上手《じょうず》な婆《ばあ》で、おおお、またおれの奥《おく》の虫歯《むしば》がいたんできた。あれは地主《じぬし》と言《い》って、自分《じぶん》もまた労働《ろうどう》しているとしじゅう弁明《べんめい》ばかりしている*小胆者《しょうたんもの》だが、おれはあのお姿《すがた》を見《み》ると、鼻筋《はなすじ》づたいに*しらみがはって歩《ある》いているようなもどかしさを覚《おぼ》える。また、あそこのベンチに腰《こし》かけている白手袋《しろてぶくろ》の男《おとこ》は、おれのいちばんいやな奴《やつ》で、見《み》ろ、あいつがここへ現《あらわ》れたら、もはや中天《ちゅうてん》に、臭《くさ》く黄色《きいろ》い糞《ふん》の竜巻《たつまき》が現《あら》われているじゃない

小胆者《しょうたんもの》
気《き》が小《ちい》さく度胸《どきょう》がない人《ひと》。

しらみ
人《ひと》や動物《どうぶつ》の血《ち》を吸《す》う微小《びしょう》な害虫《がいちゅう》。

か。

私《わたし》は彼《かれ》の*饒舌《じょうぜつ》をうつつに聞《き》いていた。私《わたし》は別《べつ》なものを見《み》つめていたのである。燃《も》えるような四《よっ》つの眼《め》を。青《あお》く澄《す》んだ人間《にんげん》の子供《こども》の眼《め》を。先刻《せんこく》よりこの二人《ふたり》の子供《こども》は、島《しま》の*外廓《がいかく》に築《きず》かれた胡麻石《ごまいし》の塀《へい》からやっと顔《かお》だけを覗《のぞ》きこませ、むさぼるように島《しま》を眺《なが》めまわしているのだ。二人《ふたり》ながら男《おとこ》の子《こ》であろう。短《みじか》い金髪《きんぱつ》が、朝風《あさかぜ》にぱさぱさ踊《おど》っている。ひとりは、そばかすで鼻《はな》がまっくろである。もうひとりの子《こ》は、桃《もも》の花《はな》のような頬《ほお》をしている。

やがて二人《ふたり》は、同時《どうじ》に首《くび》をかしげて思案《しあん》した。それから鼻《はな》のくろい子供《こども》が唇《くちびる》をむっと尖《とが》らせ、烈《はげ》しい口調《くちょう》で相手《あいて》に何《なに》か耳《みみ》うちした。私《わたし》は彼《かれ》のからだを両手《りょうて》でゆすぶって叫《さけ》んだ。

「何《なに》を言《い》っているのだ。教《おし》えてくれ。あの子供《こども》たちは何《なに》を言《い》っているのだ。」

彼《かれ》はぎょっとしたらしく、ふっとおしゃべりを止《よ》し、私《わたし》の顔《かお》と向《む》こうの子供《こども》たちとを見《み》くらべた。そうして、口《くち》をもぐもぐ動《うご》かしつつしばらく思《おも》いに沈《しず》んだのだ。私《わたし》は彼《かれ》のそういう困却《こんきゃく》にただならぬ気配《けはい》を見《み》てとったのである。

子供《こども》たちが訳《わけ》のわからぬ言葉《ことば》をするどく島《しま》へ吐《は》きつけて、そろって石塀《いしべい》の上《うえ》から影《かげ》を消《け》してしまってからも、彼《かれ》は額《ひたい》に片手《かたて》をあてたり尻《しり》を掻《か》きむしったりしながら、ひどく*躊躇《ちゅうちょ》をしていたが、やがて、口角《こうかく》に意地《いじ》わるげな笑《わら》いをさえ含《ふく》めてのろのろと言《い》いだした。

「いつ来《き》て見《み》ても変《か》わらない、とほざいたのだよ。」

変《か》わらない。私《わたし》には一切《いっさい》がわかった。私《わたし》の疑惑《ぎわく》が、まんまと的中《てきちゅう》していたのだ。変《か》わらない。これは批評《ひひょう》の言葉《ことば》である。見《み》せ物《もの》は私《わたし》たちなのだ。

「そうか。すると、君《きみ》は嘘《うそ》をついていたのだね。」ぶち殺《ころ》そうと思《おも》った。

彼《かれ》は私《わたし》のからだに巻《ま》きつけていた片手《かたて》へぎゅっと力《ちから》こめて答《こた》えた。

「*ふびんだったから。」

私《わたし》は彼《かれ》の幅《はば》のひろい胸《むね》にむしゃぶりついたのである。彼《かれ》のいやらしい親切《しんせつ》に対《たい》する憤《ふん》怒《ぬ》よりも、おのれの無智《むち》に対《たい》する*羞恥《しゅうち》の念《ねん》がたまらなかった。

「泣《な》くのはやめろよ。どうにもならぬ。」彼《かれ》は私《わたし》の背《せ》をかるくたたきながら、ものうげに呟《つぶや》いた。「あの石塀《いしべい》の上《うえ》に細長《ほそなが》い木《き》の札《ふだ》が立《た》てられているだろう？　おれたちには裏《うら》

饒舌《じょうぜつ》 よくしゃべること。口数《くちかず》が多《おお》い状態《じょうたい》。

外廓《がいかく》 建物《たてもの》の周囲《しゅうい》にめぐらす囲《かこ》い。

躊躇《ちゅうちょ》 あれこれ考《かんが》えて迷《まよ》うこと。ためらうこと。

ふびん かわいそうなこと。哀《あわ》れなさま。

羞恥《しゅうち》 自身《じしん》の内《うち》からわき上《あ》がる恥《は》ずかしさ。

の薄汚《うすぎたな》く赤《あか》ちゃけた木目《きめ》だけを見《み》せているが、あのおもてには、なんと書《か》かれてあるか。人間《にんげん》たちはそれを読《よ》むのだよ。耳《みみ》の光《ひか》るのが日本《にっぽん》の猿《さる》だ、と書《か》かれてあるのさ。いや、もしかしたら、もっとひどい侮辱《ぶじょく》が書《か》かれてあるのかも知《し》れないよ。」

私《わたし》は聞《き》きたくもなかった。彼《かれ》の腕《うで》からのがれ、枯木《かれき》のもとへ飛《と》んでいった。登《のぼ》った。梢《こずえ》にしがみつき、島《しま》の全貌《ぜんぼう》を見渡《みわた》したのである。日《ひ》はすでに高《たか》く上《のぼ》って、島《しま》のここかしこから白《しろ》い靄《もや》がほやほやと立《た》っていた。百匹《ひゃっぴき》もの猿《さる》は、青空《あおぞら》の下《もと》でのどかに日向《ひなた》ぼっこして遊《あそ》んでいた。私《わたし》は、滝口《たきぐち》の傍《かたわら》でじっとうずくまっている彼《かれ》に声《こえ》をかけた。

「みんな知《し》らないのか。」

彼《かれ》は私《わたし》の顔《かお》を見《み》ずに下《した》から答《こた》えてよこした。

「知《し》るものか。知《し》っているのは、おそらく、おれと君《きみ》とだけだよ。」

「なぜ逃《に》げないのだ。」

「君《きみ》は逃《に》げるつもりか。」

「逃《に》げる。」

青葉《あおば》。砂利道《じゃりみち》。人《ひと》の流《なが》れ。

「こわくないか。」

私《わたし》はぐっと眼《め》をつぶった。言《い》ってはいけない言葉《ことば》を彼《かれ》は言《い》ったのだ。

はたはたと耳《みみ》をかすめて通《とお》る風《かぜ》の音《おと》にまじって、低《ひく》い歌声《うたごえ》が響《ひび》いて来《き》た。彼《かれ》が歌《うた》っているのであろうか。眼《め》が熱《あつ》い。さっき私《わたし》を木《き》から落《おと》したのは、この歌《うた》だ。私《わたし》は眼《め》をつぶったまま耳傾《みみかたむ》けたのである。

「よせ、よせ。降《お》りてこいよ。ここはいいところだよ。日《ひ》があたるし、木《き》があるし、水《みず》の音《おと》が聞《き》こえるし、それにだいいち、めしの心配《しんぱい》がいらないのだよ。」

彼《かれ》のそう呼《よ》ぶ声《こえ》を遠《とお》くからのように聞《き》いた。それからひくい笑《わら》い声《ごえ》も。

ああ。この誘惑《ゆうわく》は真実《しんじつ》に似《に》ている。あるいは真実《しんじつ》かも知《し》れぬ。私《わたし》は心《こころ》のなかで大《おお》きくよろめくものを覚《おぼ》えたのである。けれども、けれども血《ち》は、山《やま》で育《そだ》った私《わたし》の馬鹿《ばか》な血《ち》は、やはり執拗《しつよう》に叫《さけ》ぶのだ。

——否《いな》！

一八九六年《ねん》、六月《ろくがつ》のなかば、ロンドン博物館《はくぶつかん》附属動物園《ふぞくどうぶつえん》の事務所《じむしょ》に、日本猿《にほんざる》の＊遁走《とんそう》が報《ほう》ぜられた。ゆくえが知《し》れぬのである。しかも、一匹《いっぴき》でなかった。二匹《にひき》である。

遁走《とんそう》 逃《に》げ出《だ》すこと。逃走《とうそう》。

失《しっ》敗《ぱい》園《えん》

（わが*陋屋《ろうおく》には、六坪《ろくつぼ》ほどの庭《にわ》があるのだ。愚妻《ぐさい》は、ここに、秩序《ちつじょ》もなく何《なに》やらかやらいっぱい植《う》えたが、一見《いっけん》するに、すべて失敗《しっぱい》の様子《ようす》である。それら恥《は》ずかしき身《み》なりの植物《しょくぶつ》たちが小声《こごえ》で囁《ささや》き、私《わたし》はそれを速記《そっき》する。その声《こえ》が、事実《じじつ》、聞《き》こえるのである。必《かなら》ずしも、仏《ふつ》人《じん》ルナアル氏《し》の真似《まね》でもないのだ。では。）

とうもろこしと、トマト。

「こんなに、丈《たけ》ばかり大《おお》きくなって、私《わたし》は、どんなに恥《は》ずかしいことか。そろそろ、実《み》をつけなければならないのだけれども、おなかに力《ちから》がないから、いきむことができないの。みんなは、葦《あし》だと思《おも》うでしょう。やぶれかぶれだわ。トマトさん、ちょっと寄《よ》りか

陋屋《ろうおく》 むさくるしい家《いえ》。狭《せま》い家《いえ》。自分《じぶん》の家《いえ》をへりくだっていう語《ご》。

からせてね。」

「なんだ、なんだ、竹《たけ》じゃないか。」

「本気《ほんき》でおっしゃるの？」

「気《き》にしちゃいけねえ。お前《まえ》さんは、夏《なつ》やせなんだよ。＊粋《いき》なものだ。ここの主人《しゅじん》の話《はなし》によればお前《まえ》さんは芭蕉《ばしょう》にも似《に》ているそうだ。お気《き》に入《い》りらしいぜ。」

「葉《は》ばかり伸《の》びるものだから、私《わたし》を＊揶揄《やゆ》なさっているのよ。ここの主人《しゅじん》は、いいかげんよ。私《わたし》、ここの奥《おく》さんに気《き》の毒《どく》なの。それや真剣《しんけん》に私《わたし》の世話《せわ》をしてくださるのだけれども、私《わたし》は背丈《せたけ》ばかり伸《の》びて、一向《いっこう》にふとらないのだもの。トマトさんだけは、どうやら、実《み》を結《むす》んだようね。」

「ふん、どうやら、ね。もっとも俺《おれ》は、下品《げひん》な育《そだ》ちだから、放《ほ》っておかれても、実《み》を結《むす》ぶのさ。軽蔑《けいべつ》したまうな。これでも奥《おく》さんのお気《き》に入《い》りなんだからね。この実《み》は、俺《おれ》の力瘤《ちからこぶ》さ。見《み》たまえ、うんと力《りき》むと、ほら、むくむく実《み》がふくらむ。も少《すこ》し力《りき》むと、この実《み》が、あからんでくるのだよ。ああ、すこし髪《かみ》が乱《みだ》れた。散髪《さんぱつ》したいな。」

粋《いき》
気落《きお》ちや身《み》なりのさっぱりあかぬけしていて、しかも色気《いろけ》をもっていること。

揶揄《やゆ》
からかっておもしろがること。

クルミの苗《なえ》。

「僕《ぼく》は、孤独《こどく》なんだ。*大器晩成《たいきばんせい》の自信《じしん》があるんだ。早《はや》く毛虫《けむし》にはいのぼられる程《ほど》の身分《みぶん》になりたい。どれ、きょうも*高邁《こうまい》の瞑想《めいそう》にふけるか。僕《ぼく》がどんなに高貴《こうき》な生《うま》れであるか、誰《だれ》も知《し》らない。」

ネムの苗《なえ》。

「クルミのチビは、何《なに》を言《い》っているのかしら。不平家《ふへいか》なんだわ、きっと。不良少年《ふりょうしょうねん》かもしれない。いまに私《わたし》が花咲《はなさ》けば、さだめし、いやらしいことを言《い》ってくるに相違《そうい》ない。用心《ようじん》しましょう。あれ、私《わたし》のお尻《しり》をくすぐっているのは誰《だれ》？　隣《とな》りのチビだわ。本当《ほんとう》に、本当《ほんとう》に、チビのくせに、根《ね》だけは一人前《いちにんまえ》に張《は》っているのね。高邁《こうまい》な瞑想《めいそう》だなんて、とんでもない奴《やつ》さ。知《し》らんぷりしてやりましょう。どれ、こう葉《は》を畳《たた》んで、眠《ねむ》ったふりをしていましょう、いまは、たった二枚《にまい》しか葉《は》がないけれども、五年経《ごねんた》ったら美《うつく》しい花《はな》が咲《さ》くのよ。」

にんじん。

大器晩成《たいきばんせい》　大《おお》きな器《うつわ》がそう簡《かん》単《たん》には完成《かんせい》しないように、すぐれた才能《さいのう》のある人《ひと》は、たとえ若《わか》い頃《ころ》には目立《めだ》たなくても年《とし》を取《と》ってから大成《たいせい》するということ。

高邁《こうまい》　志《こころざし》などが高《たか》く、すぐれていること。

「どうにも、こうにも、話《はなし》にならねえ。ゴミじゃねえ。こう見《み》えたって、にんじんの芽《め》だ。一箇月前《いっかげつまえ》から、一分《いちぶ》も伸《の》びねえ。このまんまであった。永遠《えいえん》に、わしゃ、こうだろう。みっともなくていけねえ。誰《だれ》か、わしを抜《ぬ》いてくれないか。やけくそだよ。あははは。馬鹿笑《ばかわら》いが出《で》ちゃった。」

だいこん。

「地盤《じばん》がいけないのですね。石《いし》ころだらけで、私《わたし》はこの白《しろ》い脚《あし》を伸《の》ばすことができませぬ。なんだか、毛《け》むくじゃらの脚《あし》になりました。ごぼうのふりをしていましょう。私《わたし》は、素直《すなお》に、あきらめているの。」

綿《めん》の苗《なえ》。

「私《わたし》は、今《いま》は、こんなに小《ちい》さくても、やがて一枚《いちまい》の座蒲団《ざぶとん》になるんですって。本当《ほんとう》かしら。なんだか*自嘲《じちょう》したくて仕様《しよう》がないの。軽蔑《けいべつ》しないでね。」

自嘲《じちょう》 自分《じぶん》で自分《じぶん》を軽蔑《けいべつ》し、あざ笑《わら》うこと。

へちま。

「ええと、こう行《い》って、こうからむのか。なんて不細工《ぶさいく》な棚《たな》なんだ。からみ付《つ》くのに大《おお》骨《ほね》折《お》りさ。でも、この棚《たな》を作《つく》る時《とき》に、ここの主人《しゅじん》と細君《さいくん》とは夫婦喧嘩《ふうふげんか》をしたんだからね。細君《さいくん》にせがまれたらしく、ばかな主人《しゅじん》は、もっともらしい顔《かお》をして、この棚《たな》を作《つく》ったのだが、いや、どうにも不器用《ぶきよう》なので、細君《さいくん》が笑《わら》いだしたら、主人《しゅじん》の汗《あせ》だくで怒《おこ》って曰《いわ》くさ、それではお前《まえ》がやりなさい、へちまの棚《たな》なんて贅沢品《ぜいたくひん》だ、生活《せいかつ》の様式《ようしき》を拡大《かくだい》するのは、僕《ぼく》はいやなんだ、僕《ぼく》たちは、そんな身分《みぶん》じゃない、と妙《みょう》に興覚《きょうざ》めなことを言《い》い出《だ》したので、細君《さいくん》も態度《たいど》も改《あらた》め、それは承知《しょうち》しております、でも、へちまの棚《たな》くらいはあってもいいと思《おも》います、こんな貧乏《びんぼう》な家《いえ》にでも、へちまの棚《たな》ができるのだというのは、なんだか奇蹟《きせき》みたいで、素晴《すば》らしいことだと思《おも》います、私《わたし》の家《いえ》にでも、へちまの棚《たな》ができるなんて嘘《うそ》みたいで、私《わたし》は嬉《うれ》しくてなりません、と哀《あわ》れな事《こと》を主張《しゅちょう》したので、主人《しゅじん》は、また渋々《しぶしぶ》この棚《たな》の製作《せいさく》を継続《けいぞく》しやがった。どうも、ここの主人《しゅじん》は、少《すこ》し細君《さいくん》に甘《あま》いようだて。どれ、どれ、親切《しんせつ》を無《む》にするのも心苦《こころぐる》しい、ええと、こう行《い》って、こうから

み付《つ》けっていうわけか、ああ、実《じつ》に不細工《ぶさいく》な棚《たな》である。からみつかせないようにできている。意味《いみ》ないよ。僕《ぼく》は、不仕合《ふしあ》わせなへちまかもしれぬ。」

薔薇《ばら》と、ねぎ。

「ここの庭《にわ》では、やはり私《わたし》が女王《じょおう》だわ。いまはこんなに、からだが汚《よご》れて、葉《は》の艶《つや》もなくなっちゃったけれど、これでも先日《せんじつ》までは、次々《つぎつぎ》と続《つづ》けて十輪以上《じゅうりんいじょう》も花《はな》が咲《さ》いたものだわ。ご近所《きんじょ》の叔母《おば》さんたちが、おお綺麗《きれい》と言《い》ってほめると、ここの主人《しゅじん》が必《かなら》ずぬっと部屋《へや》から出《で》てきて、叔母《おば》さんたちに、だらしなくぺこぺこお辞儀《じぎ》するので、私《わたし》は、とても恥《は》ずかしかったわ。あたまが悪《わる》いんじゃないかしら。主人《しゅじん》は、とても私《わたし》を大事《だいじ》にしてくれるのだけれど、いつも間違《まちが》った手入《てい》ればかりするのよ。私《わたし》が喉《のど》が乾《かわ》いて萎《しお》れかけた時《とき》には、ただ、うろうろして、奥《おく》さんをひどく叱《しか》るばかりで何《なに》もできないの。あげくの果《はて》には、私《わたし》の大事《だいじ》な新芽《しんめ》を、気《き》が狂《くる》ったみたいに、ちょんちょん摘《つ》み切《き》ってしまって、うむ、これでどうやら、なんて真顔《まがお》で言《い》って澄《す》ましているのよ。私《わたし》は、苦笑《くしょう》したわ。あたまが悪《わる》いのだから、しかたがないのね。あの時《とき》、新芽《しんめ》をあんなに切《き》られなかったら、私《わたし》は、たしかに二十は咲《さ》けたのだわ。もう、駄目《だめ》。あんまり命《いのち》かぎり咲《さ》いたものだから、早《はや》く老《お》いこんじゃった。私《わたし》は、早《はや》く死《し》にたい。おや、あなたは誰《だれ》？」

「我輩《わがはい》を、せめて、龍《りゅう》のひげとでも、呼《よ》んでくれたまえ。」

「ねぎ、じゃないの。」

「見破《みやぶ》られたか。面目《めんぼく》ない。」

「何《なに》を言《い》ってるの。ずいぶん細《ほそ》いねぎねえ。」

「ええ面目《めんぼく》ない。地《ち》の利《り》を得《え》ないのじゃ。世《よ》が世《よ》なら、いや、敗軍《はいぐん》の将《しょう》、愚痴《ぐち》は申《もう》さぬ。

我輩《わがはい》はこう寝《ね》るぞ。」

花《はな》の咲《さ》かぬ矢車草《やぐるまそう》。

「*是生滅法《ぜしょうめっぽう》。*盛者必衰《じょうしゃひっすい》。いっそ、化《ば》けて出《で》ようかしら。」

是生滅法《ぜしょうめっぽう》
命《いのち》のあるものは、いつかは必《かなら》ず滅《ほろ》びて死《し》に至《いた》るということ。

盛者必衰《じょうしゃひっすい》
この世《よ》は無常《むじょう》であり、勢《いきお》いの盛《さか》んな者《もの》もついには衰《おとろ》え滅《ほろ》びるということ。

女生徒《じょせいと》

あさ、眼《め》をさますときの気持《きも》ちは、面白《おもしろ》い。かくれんぼのとき、押入《おしい》れの真《ま》っ暗《くら》い中《なか》に、じっと、しゃがんで隠《かく》れていて、突然《とつぜん》、でこちゃんに、がらっと襖《ふすま》をあけられ、日《ひ》の光《ひかり》がどっと来《き》て、でこちゃんに、「見《み》つけた！」と大声《おおごえ》で言《い》われて、まぶしさ、それから、へんな間《ま》の悪《わる》さ、それから、胸《むね》がどきどきして、着物《きもの》のまえを合《あ》わせたりして、ちょっと、てれくさく、押入《おしい》れから出《で》てきて、急《きゅう》にむかむか腹立《はらだ》たしく、あの感《かん》じ、いや、ちがう、あの感《かん》じでもない、なんだか、もっとやりきれない。箱《はこ》をあけると、その中《なか》に、また小《ちい》さい箱《はこ》があって、その小《ちい》さい箱《はこ》をあけると、またその中《なか》に、もっと小《ちい》さい箱《はこ》があって、そいつをあけると、また、また、小《ちい》さい箱《はこ》があって、その小《ちい》さい箱《はこ》をあけると、また箱《はこ》があって、そうして、七《なな》つも、八《やっ》つも、あけていって、とうとうおしまいに、さいころくらいの小《ちい》さい箱《はこ》が出《で》てきて、そいつをそっとあけてみて、何《なに》もない、からっぽ、あの感《かん》じ、少《すこ》し近《ちか》い。

パチッと眼《め》がさめるなんて、あれは嘘《うそ》だ。濁《にご》って濁《にご》って、そのうちに、だんだん澱粉《でんぷん》が下《した》に沈《しず》み、少《すこ》しずつ上澄《うわず》みができて、やっと疲《つか》れて眼《め》がさめる。朝《あさ》は、なんだか、しらじらしい。悲《かな》しいことが、たくさんたくさん胸《むね》に浮《う》かんで、やりきれない。いやだ。いやだ。朝《あさ》の私《わたし》は一《いち》ばん醜《みにく》い。両方《りょうほう》の脚《あし》が、くたくたに疲《つか》れて、そうして、もう、何《なに》もしたくない。熟睡《じゅくすい》していないせいかしら。朝《あさ》は健康《けんこう》だなんて、あれは嘘《うそ》。朝《あさ》は灰色《はいいろ》。いつもいつも同《おな》じ。一《いち》ばん虚無《きょむ》だ。朝《あさ》の寝床《ねどこ》の中《なか》で、私《わたし》はいつも厭世的《えんせいてき》*だ。いやになる。いろいろ醜《みにく》い後悔《こうかい》ばっかり、いちどに、どっとかたまって胸《むね》をふさぎ、身《み》もだえしちゃう。

朝《あさ》は、意地悪《いじわる》。

「お父《とう》さん。」と小《ちい》さい声《こえ》で呼《よ》んでみる。へんに気恥《きは》ずかしく、うれしく、起《お》きて、さっさと蒲団《ふとん》をたたむ。蒲団《ふとん》を持《も》ち上《あ》げるとき、よいしょ、と掛《か》け声《ごえ》して、はっと思《おも》った。私《わたし》は、いままで、自分《じぶん》が、よいしょなんて、げびた*言葉《ことば》を言《い》い出《だ》す女《おんな》だとは、思《おも》ってなかった。よいしょ、なんて、お婆《ばあ》さんの掛《か》け声《ごえ》みたいで、いやらしい。どうして、こんな掛《か》け声《ごえ》を発《はっ》したのだろう。私《わたし》のからだの中《なか》に、どこかに、婆《ばあ》さんがひとつ居《い》るようで、気持《きも》ちがわるい。これからは、気《き》をつけよう。ひとの下品《げひん》な歩《ある》き恰好《かっこう》をひんしゅく*していながら、ふと、自分《じぶん》も、そんな歩《ある》きかたしているのに気《き》がついた時《とき》みたいに、すごく、しょげちゃった。

厭世的《えんせいてき》
人生《じんせい》や世《よ》の中《なか》が嫌《いや》なものに思《おも》えている心《こころ》の状態《じょうたい》。

げびた
下品《げひん》で卑《いや》しいこと。意地汚《いじきたな》いこと。

ひんしゅく
不快《ふかい》に思《おも》い、顔《かお》をしかめること。

朝《あさ》は、いつでも自信《じしん》がない。寝《ね》まきのままで鏡台《きょうだい》のまえに坐《すわ》る。眼鏡《めがね》をかけないで、鏡《かがみ》をのぞくと、顔《かお》が、少《すこ》しぼやけて、しっとり見《み》える。自分《じぶん》の顔《かお》の中《なか》で一《いち》ばん眼鏡《めがね》がいやなのだけれど、他《ほか》の人《ひと》には、わからない眼鏡《めがね》のよさも、ある。眼鏡《めがね》をとって、遠《とお》くを見《み》るのが好《す》きだ。全体《ぜんたい》がかすんで、夢《ゆめ》のように、*のぞき絵《え》みたいに、すばらしい。汚《きた》ないものなんて、何《なに》も見《み》えない。大《おお》きいものだけ、鮮明《せんめい》な、強《つよ》い色《いろ》、光《ひかり》だけが目《め》にはいってくる。眼鏡《めがね》をとって人《ひと》を見《み》るのも好《す》き。相手《あいて》の顔《かお》が、皆《みな》、優《やさ》しく、きれいに、笑《わら》って見《み》える。それに、眼鏡《めがね》をはずしている時《とき》は、決《けっ》して人《ひと》と喧嘩《けんか》をしようなんて思《おも》わないし、悪口《わるぐち》も言《い》いたくない。ただ、黙《だま》って、ポカンとしているだけ。そうして、そんな時《とき》の私《わたし》は、人《ひと》にもおひとよしに見《み》えるだろうと思《おも》えば、なおのこと、私《わたし》は、ポカンと安心《あんしん》して、甘《あま》えたくなって、心《こころ》も、たいへんやさしくなるのだ。

だけど、やっぱり眼鏡《めがね》は、いや。眼鏡《めがね》をかけたら顔《かお》という感《かん》じがなくなってしまう。顔《かお》から生《う》まれる、いろいろの情緒《じょうちょ》、ロマンチック、美《うつく》しさ、激《はげ》しさ、弱《よわ》さ、あどけなさ、

のぞき絵《え》　円筒《えんとう》の中《なか》で絵《え》を回《かい》転《てん》させて、筒《つつ》の前《ぜん》方《ぽう》に設《もう》けたのぞき穴《あな》から見《み》る器具《きぐ》。

哀愁《あいしゅう》、そんなもの、眼鏡《めがね》がみんな遮《さえぎ》ってしまう。それに、目《め》でお話《はなし》をするということも、おかしなくらいできない。

眼鏡《めがね》は、お化《ば》け。

自分《じぶん》で、いつも自分《じぶん》の眼鏡《めがね》がいやだと思《おも》っているゆえか、目《め》の美《うつく》しいことが、一《いち》ばんいいと思《おも》われる。鼻《はな》がなくても、口《くち》が隠《かく》されていても、目《め》が、その目《め》を見《み》ていると、もっと自分《じぶん》が美《うつく》しく生《い》きなければと思《おも》わせるような目《め》であれば、いいと思《おも》っている。私《わたし》の目《め》は、ただ大《おお》きいだけで、なんにもならない。じっと自分《じぶん》の目《め》を見《み》ていると、がっかりする。お母《かあ》さんでさえ、つまらない目《め》だと言《い》っている。こんな目《め》を光《ひかり》の無《な》い目《め》と言《い》うのであろう。*たどん、と思《おも》うと、がっかりする。これですからね。ひどいですよ。鏡《かがみ》に向《む》うと、そのたんびに、うるおいのあるいい目《め》になりたいと、つくづく思《おも》う。青《あお》い湖《みずうみ》のような目《め》、青《あお》い草原《そうげん》に寝《ね》て大空《おおぞら》を見《み》ているような目《め》、ときどき雲《くも》が流《なが》れて写《うつ》る。鳥《とり》の影《かげ》まで、はっきり写《うつ》る。美《うつく》しい目《め》のひととたくさん逢《あ》ってみたい。

けさから五月《ごがつ》、そう思《おも》うと、なんだか少《すこ》し浮《う》き浮《う》きして来《き》た。やっぱり嬉《うれ》しい。もう夏《なつ》も近《ちか》いと思《おも》う。庭《にわ》に出《で》ると苺《いちご》の花《はな》が目《め》にとまる。お父《とう》さんの死《し》んだという事実《じじつ》が、不《ふ》思議《しぎ》になる。死《し》んで、いなくなる、ということは、理解《りかい》できにくいことだ。腑《ふ》に落《お》ちない。お姉《ねえ》さんや、別《わか》れた人《ひと》や、長《なが》いあいだ逢《あ》わずにいる人《ひと》たちが懐《なつ》かしい。どうも朝《あさ》は、過《す》ぎ去《さ》ったこと、もうせんの人《ひと》たちの事《こと》が、いやに身近《みぢか》に、おタクワンの臭《にお》いのように味気《あじけ》なく思《おも》い出《だ》されて、かなわない。

たどん
炭《すみ》の粉末《ふんまつ》をのりと混《ま》ぜ、丸《まる》くして乾燥《かんそう》させた燃料《ねんりょう》。

ジャピイと、カア（可哀想《かわいそう》な犬《いぬ》だから、カアと呼《よ》ぶんだ）と、二匹《にひき》もつれ合《あ》いながら、走《はし》ってきた。二匹《にひき》をまえに並《なら》べておいて、ジャピイだけを、うんとかわいがってやった。ジャピイの真《ま》っ白《しろ》い毛《け》は光《ひか》って美《うつく》しい。カアは、きたない。ジャピイをかわいがっていると、カアは、そばで泣《な》きそうな顔《かお》をしているのをちゃんと知《し》っている。カアが*片輪《かたわ》だということも知《し》っている。カアは、悲《かな》しくて、いやだ。かわいそうでかわいそうでたまらないから、わざと意地悪《いじわる》くしてやるのだ。カアは、野良犬《のらいぬ》みたいに見《み》えるから、いつ犬殺《いぬころ》しにやられるか、わからない。カアは、足《あし》が、こんなだから、逃《に》げるのに、おそいことだろう。カア、早《はや》く、山《やま》の中《なか》にでも行《い》きなさい。おまえは誰《だれ》にもかわいがられないのだから、早《はや》く死《し》ねばいい。

私《わたし》は、カアだけでなく、人《ひと》にもいけないことをする子《こ》なんだ。人《ひと》を困《こま》らせて、刺激《しげき》する。ほんとうにいやな子《こ》なんだ。縁側《えんがわ》に腰《こし》かけて、ジャピイの頭《あたま》をなでてやりながら、目《め》にしみる青葉《あおば》を見《み》ていると、情《なさ》けなくなって、土《つち》の上《うえ》に坐《すわ》りたいような気持《きも》ちになった。

泣《な》いてみたくなった。うんと息《いき》をつめて、目《め》を充血《じゅうけつ》させると、少《すこ》し涙《なみだ》が出《で》るかもしれないと思《おも》って、やってみたが、だめだった。もう、涙《なみだ》のない女《おんな》になったのかもしれない。

あきらめて、お部屋《へや》の掃除《そうじ》をはじめる。お掃除《そうじ》しながら、ふと*「唐人《とうじん》お吉《きち》」をうたう。ちょっとあたりを見《み》まわしたような感《かん》じ。普段《ふだん》、モオツアルトだの、バッハだのに熱中《ねっちゅう》しているはずの自分《じぶん》が、無意識《むいしき》に、「唐人《とうじん》お吉《きち》」をうたったのが、面白《おもしろ》い。蒲団《ふとん》を持《も》ち

片輪《かたわ》
からだの一部《いちぶ》に障害《しょうがい》があること。今《いま》は使《つか》わない言葉《ことば》。

「唐人《とうじん》お吉《きち》」
昭和時代《しょうわじだい》に活躍《かつやく》した芸者歌手《げいしゃかしゅ》の流行《りゅうこう》歌《か》。

上《あ》げるとき、よいしょ、と言《い》ったり、お掃除《そうじ》しながら、唐人《とうじん》お吉《きち》をうたうようでは、自《じ》分《ぶん》も、もう、だめかと思《おも》う。こんなことでは、寝言《ねごと》などで、どんなに下品《げひん》なこと言《い》い出《だ》すか、不安《ふあん》でならない。でも、なんだかおかしくなって、ほうきの手《て》を休《やす》めて、ひとりで笑《わら》う。

きのう縫《ぬ》い上《あ》げた新《あたら》しい下着《したぎ》を着《き》る。胸《むね》のところに、小《ちい》さい白《しろ》い薔薇《ばら》の花《はな》を刺繍《ししゅう》して置《お》いた。上衣《うわぎ》を着《き》ちゃうと、この刺繍《ししゅう》見《み》えなくなる。誰《だれ》にもわからない。得意《とくい》である。

お母《かあ》さん、誰《だれ》かの縁談《えんだん》のために大《おお》わらわ、朝早《あさはや》くからお出掛《でか》け。私《わたし》の小《ちい》さい時《とき》からお母《かあ》さんは、人《ひと》のために尽《つ》くすので、なれっこだけれど、本当《ほんとう》に驚《おどろ》くほど、始終《しじゅう》うごいているお母《かあ》さんだ。感心《かんしん》する。お父《とう》さんが、あまりにも勉強《べんきょう》ばかりしていたから、お母《かあ》さんは、お父《とう》さんのぶんもするのである。お父《とう》さんは、社交《しゃこう》とかからは、およそ縁《えん》が遠《とお》いけれど、お母《かあ》さんは、本当《ほんとう》に気持《きも》ちのよい人《ひと》たちの集《あつ》まりを作《つく》る。二人《ふたり》とも違《ちが》ったところを持《も》っているけれど、お互《たが》いに、尊敬《そんけい》し合《あ》っていたらしい。醜《みにく》いところのない、美《うつく》しい安《やす》らかな夫婦《ふうふ》、とでもいうのであろうか。ああ、生意気《なまいき》、生意気《なまいき》。

おみおつけの温《あたた》まるまで、台所口《だいどころぐち》に腰掛《こしか》けて、前《まえ》の雑木林《ぞうきばやし》を、ぼんやり見《み》ていた。そしたら、昔《むかし》にも、これから先《さき》にも、こうやって、台所《だいどころ》の口《くち》に腰《こし》かけて、このとおりの姿《し》勢《せい》でもって、しかもそっくり同《おな》じことを考《かんが》えながら前《まえ》の雑木林《ぞうきばやし》を見《み》ていた、見《み》ている、ような気《き》がして、過去《かこ》、現在《げんざい》、未来《みらい》、それが一瞬間《いっしゅんかん》のうちに感《かん》じられるような、変《へん》な気《き》持《も》ちがした。

こんなことは、時々《ときどき》ある。誰《だれ》かと部屋《へや》に坐《すわ》って話《はなし》をしている。目《め》が、テエブルのすみに行《い》ってコトンと停《と》まって動《うご》かない。口《くち》だけが動《うご》いている。こんな時《とき》に、変《へん》な錯覚《さっかく》を起《お》こすのだ。いつだったか、こんな同《おな》じ状態《じょうたい》で、同《おな》じことを話《はな》しながら、やはり、テエブルのすみを見《み》ていた、また、これからさきも、いまのことが、そっくりそのままに自分《じぶん》にやってくるのだ、と信《しん》じちゃう気持《きも》ちになるのだ。どんな遠《とお》くの田舎《いなか》の野道《のみち》を歩《ある》いていても、きっと、この道《みち》は、いつかきた道《みち》、と思《おも》う。歩《ある》きながら道《みち》ばたの豆《まめ》の葉《は》を、さっとむしりとっても、やはり、この道《みち》のここのところで、この葉《は》をむしりとったことがある、と思《おも》う。そうして、また、これからも、何度《なんど》も何度《なんど》も、この道《みち》を歩《ある》いて、ここのところで豆《まめ》の葉《は》をむしるのだ、と信《しん》じるのである。

また、こんなこともある。あるときお湯《ゆ》につかっていて、ふと手《て》を見《み》た。そしたら、これからさき、何年《なんねん》かたって、お湯《ゆ》にはいったとき、この、いまの何《なに》げなく、手《て》を見《み》たことを、そして見《み》ながら、コトンと感《かん》じたことをきっと思《おも》い出《だ》すに違《ちが》いない、と思《おも》ってしまった。そう思《おも》ったら、なんだか、暗《くら》い気《き》がした。

また、ある夕方《ゆうがた》、御飯《ごはん》をおひつに移《うつ》している時《とき》、*インスピレーション、と言《い》っては大《おお》げさだけれど、何《なに》か身内《みうち》にピュウッと走《はし》り去《さ》ってゆくものを感《かん》じて、なんと言《い》おうか、哲学《てつがく》のシッポと言《い》いたいのだけれど、そいつにやられて、頭《あたま》も胸《むね》も、すみずみまで透明《とうめい》になって、何《なに》か、生《い》きていくことにふわっと落《お》ちついたような、黙《だま》って、音《おと》も立《た》てずに、トコロテンがそろっと押《お》し出《だ》される時《とき》のような柔軟性《じゅうなんせい》でもって、このまま浪《なみ》のまにまに、

インスピレーション　直感的《ちょっかんてき》に浮《う》かんだ考《かんが》え、ひらめき。霊感《れいかん》。

美《うつく》しく軽《かる》く生《い》きとおせるような感《かん》じがしたのだ。

このときは、哲学《てつがく》どころのさわぎではない。盗《ぬす》み猫《ねこ》のように、音《おと》も立《た》てずに生《い》きていく予感《よかん》なんて、ろくなことはないと、むしろ、おそろしかった。あんな気持《きも》ちの状態《じょうたい》が、ながくつづくと、人《ひと》は、神《かみ》がかりみたいになっちゃうのではないかしら。キリスト。でも、女《おんな》のキリストなんてのは、いやらしい。

結局《けっきょく》は、私《わたし》ひまなもんだから、生活《せいかつ》の苦労《くろう》がないもんだから、毎日《まいにち》、幾百《いくひゃく》、幾千《いくせん》の見《み》たり聞《き》いたりの感受性《かんじゅせい》の処理《しょり》ができなくなって、ポカンとしているうちに、そいつらが、お化《ば》けみたいな顔《かお》になってポカポカ浮《う》いてくるのではないのかしら。

食堂《しょくどう》で、ごはんを、ひとりでたべる。ことし、はじめて、キュウリをたべる。キュウリの青《あお》さから、夏《なつ》がくる。五月《ごがつ》のキュウリの青味《あおみ》には、胸《むね》がカラッポになるような、うずくような、くすぐったいような悲《かな》しさがある。ひとりで食堂《しょくどう》でごはんをたべていると、やたらむしょうに旅行《りょこう》に出《で》たい。汽車《きしゃ》に乗《の》りたい。新聞《しんぶん》を読《よ》む。*近衛《このえ》さんの写真《しゃしん》が出《で》ている。近衛《このえ》さんて、いい男《おとこ》なのかしら。私《わたし》は、こんな顔《かお》を好《す》かない。額《ひたい》がいけない。新《しん》聞《ぶん》では、本《ほん》の広告文《こうこくぶん》がいちばんたのしい。一字一行《いちじいちぎょう》で、百円《ひゃくえん》、二百円《にひゃくえん》と広告料《こうこくりょう》とられるのだろうから、皆《みな》、一生懸命《いっしょうけんめい》だ。一字一句《いちじいっく》、最大《さいだい》の効果《こうか》を収《おさ》めようと、うんうん唸《うな》って、絞《しぼ》り出《だ》したような名文《めいぶん》だ。こんなにお金《かね》のかかる文章《ぶんしょう》は、世《よ》の中《なか》に、少《すく》ないであろう。なんだか、気味《きみ》がよい。痛快《つうかい》だ。

ごはんをすまして、戸《と》じまりして、登校《とうこう》。大丈夫《だいじょうぶ》、雨《あめ》が降《ふ》らないとは思《おも》うけれど、そ

近衛《このえ》さん 近衛文麿《このえふみまろ》のこと。昭和時代《しょうわじだい》に首相《しゅしょう》を三度《さんど》務《つと》めた政治《せいじ》家《か》。

れでも、きのうお母《かあ》さんから、もらったよき雨傘《あまがさ》どうしても持《も》って歩《ある》きたくて、そいつを携帯《けいたい》。このアンブレラは、お母《かあ》さんが、昔《むかし》、娘《むすめ》さん時代《じだい》に使《つか》ったもの。面白《おもしろ》い傘《かさ》を見《み》つけて、私《わたし》は、少《すこ》し得意《とくい》。こんな傘《かさ》を持《も》って、パリイの下町《したまち》を歩《ある》きたい。きっと、*いまの戦争《せんそう》が終《お》わったころ、こんな、夢《ゆめ》を持《も》ったような古風《こふう》のアンブレラが流行《りゅうこう》するだろう。この傘《かさ》には、*ボンネット風《ふう》の帽子《ぼうし》が、きっと似合《にあ》う。ピンクの裾《すそ》の長《なが》い、衿《えり》の大《おお》きく開《ひら》いた着物《きもの》に、黒《くろ》い絹《きぬ》レエスで編《あ》んだ長《なが》い手袋《てぶくろ》をして、大《おお》きなつばの広《ひろ》い帽子《ぼうし》には、美《うつく》しい紫《むらさき》のすみれをつける。そうして深緑《しんりょく》のころにパリイのレストランに昼食《ちゅうしょく》をしに行《い》く。もの憂《う》そうに軽《かる》く頬杖《ほおづえ》して、外《そと》を通《とお》る人《ひと》の流《なが》れを見《み》ていると、誰《だれ》かが、そっと私《わたし》の肩《かた》を叩《たた》く。急《きゅう》に音楽《おんがく》、薔薇《ばら》のワルツ。ああ、おかしい、おかしい。現実《げんじつ》は、この古《ふる》ぼけた奇《き》態《たい》な、柄《え》のひょろ長《なが》い雨傘一本《あまがさいっぽん》。自分《じぶん》が、みじめでかわいそう。マッチ売《う》りの娘《むすめ》さん。どれ、草《くさ》でも、むしっていきましょう。

出《で》がけに、うちの門《もん》のまえの草《くさ》を、少《すこ》しむしって、お母《かあ》さんへの勤労奉仕《きんろうほうし》。きょうは何《なに》かいいことがあるかもしれない。同《おな》じ草《くさ》でも、どうしてこんな、むしりとりたい草《くさ》と、そっと残《のこ》しておきたい草《くさ》と、いろいろあるのだろう。かわいい草《くさ》と、そうでない草《くさ》と、形《かたち》は、ちっとも違《ちが》っていないのに、それでも、いじらしい草《くさ》と、にくにくしい草《くさ》と、どうしてこう、ちゃんとわかれているのだろう。理窟《りくつ》はないんだ。女《おんな》の好《す》ききらいなんて、ずいぶんいい加減《かげん》なものだと思《おも》う。

十分間《じっぷんかん》の勤労奉仕《きんろうほうし》をすまして、停車場《ていしゃじょう》へ急《いそ》ぐ。畠道《はたけみち》を通《とお》りながら、しきりと絵《え》がかき

いまの戦争《せんそう》
昭和《しょうわ》十二年《ねん》に日本《にほん》と中国《ちゅうごく》との間《あいだ》に起《お》こった日中戦争《にっちゅうせんそう》のこと。

ボンネット
(フランス語《ご》で)ヨーロッパの伝統《でんとう》的《てき》な帽子《ぼうし》のこと。

たくなる。途中《とちゅう》、神社《じんじゃ》の森《もり》の小路《こみち》を通《とお》る。これは、私《わたし》ひとりで見《み》つけておいた近道《ちかみち》である。森《もり》の小路《こみち》を歩《ある》きながら、ふと下《した》を見《み》ると、麦《むぎ》が二寸《にすん》ばかりあちこちに、かたまって育《そだ》っている。その青々《あおあお》した麦《むぎ》を見《み》ていると、ああ、ことしも兵隊《へいたい》さんが来《き》たのだと、わかる。去年《きょねん》も、たくさんの兵隊《へいたい》さんと馬《うま》がやってきて、この神社《じんじゃ》の森《もり》の中《なか》に休《やす》んでいった。しばらくたってそこを通《とお》ってみると、麦《むぎ》が、きょうのように、すくすくしていた。けれども、その麦《むぎ》は、それ以上育《いじょうそだ》たなかった。ことしも、兵隊《へいたい》さんの馬《うま》の桶《おけ》からこぼれて生《は》えて、ひょろひょろ育《そだ》ったこの麦《むぎ》は、この森《もり》はこんなに暗《くら》く、全《まった》く日《ひ》があたらないものだから、かわいそうに、これだけ育《そだ》って死《し》んでしまうのだろう。

神社《じんじゃ》の森《もり》の小路《こみち》を抜《ぬ》けて、駅近《えきちか》く、労働者《ろうどうしゃ》四《し》、五人《ごにん》と一緒《いっしょ》になる。その労働者《ろうどうしゃ》たちは、いつもの例《れい》で、言《い》えないようないやな言葉《ことば》を私《わたし》に向《む》かって吐《は》きかける。私《わたし》は、どうしたらよいかと迷《まよ》ってしまった。その労働者《ろうどうしゃ》たちを追《お》い抜《ぬ》いて、どんどんさきに行《い》ってしまいたいのだが、そうするには、労働者《ろうどうしゃ》たちの間《あいだ》を縫《ぬ》ってくぐり抜《ぬ》け、すり抜《ぬ》けしなければならない。おっかない。それと言《い》って、黙《だま》って立《た》ちんぼして、労働者《ろうどうしゃ》たちをさきに行《い》かせて、うんと距離《きょり》のできるまで待《ま》っているのは、もっともっと*胆力《たんりょく》の要《い》ることだ。それは失礼《しつれい》なことなのだから、労働者《ろうどうしゃ》たちは怒《おこ》るかもしれない。からだは、カッカしてくるし、泣《な》きそうになってしまった。私《わたし》は、その泣《な》きそうになるのが恥《は》ずかしくて、その者《もの》たちに向《む》かって笑《わら》ってやった。そして、ゆっくりと、その者《もの》たちのあとについて歩《ある》いていった。そのときは、それ限《かぎ》りになってしまったけれど、その口惜《くや》しさは、電車《でんしゃ》に

胆力《たんりょく》
物事《ものごと》に恐《おそ》れたり、臆《おく》したりしない精神力《せいしんりょく》。動《どう》じない心《こころ》。

乗《の》ってからも消《き》えなかった。こんなくだらないことに平然《へいぜん》となれるように、早《はや》く強《つよ》く、清《きよ》く、なりたかった。

電車《でんしゃ》の入《い》り口《ぐち》のすぐ近《ちか》くに空《あ》いている席《せき》があったから、私《わたし》はそこへそっと私《わたし》のお道具《どうぐ》を置《お》いて、スカアトのひだをちょっと直《なお》して、そうして坐《すわ》ろうとしたら、眼鏡《めがね》の男《おとこ》の人《ひと》が、ちゃんと私《わたし》のお道具《どうぐ》をどけて席《せき》に腰《こし》かけてしまった。

「あの、そこは私《わたし》、見《み》つけた席《せき》ですの。」と言《い》ったら、男《おとこ》は苦笑《くしょう》して平気《へいき》で新聞《しんぶん》を読《よ》み出《だ》した。よく考《かんが》えてみると、どっちが図々《ずうずう》しいのかわからない。こっちの方《ほう》が図々《ずうずう》しいのかもしれない。

仕方《しかた》なく、アンブレラとお道具《どうぐ》を、網棚《あみだな》に乗《の》せ、私《わたし》は吊《つ》り革《かわ》にぶらさがって、いつもの通《とお》り、雑誌《ざっし》を読《よ》もうと、パラパラ片手《かたて》で頁《ページ》を繰《く》っているうちに、ひょんなことを思《おも》った。

自分《じぶん》から、本《ほん》を読《よ》むということを取《と》ってしまったら、この経験《けいけん》の無《な》い私《わたし》は、泣《な》きべそをかくことだろう。それほど私《わたし》は、本《ほん》に書《か》かれてあることに頼《たよ》っている。一《ひと》つの本《ほん》を読《よ》んでは、パッとその本《ほん》に夢中《むちゅう》になり、信頼《しんらい》し、同化《どうか》し、共鳴《きょうめい》し、それに生活《せいかつ》をくっつけてみるのだ。また、他《ほか》の本《ほん》を読《よ》むと、たちまち、クルッとかわって、すましている。人《ひと》のものを盗《ぬす》んできて自分《じぶん》のものにちゃんと作《つく》り直《なお》す才能《さいのう》は、そのずるさは、これは私《わたし》の唯一《ゆいいつ》の特技《とくぎ》だ。本当《ほんとう》に、このずるさ、いんちきにはいやになる。毎日毎日《まいにちまいにち》、失敗《しっぱい》に失敗《しっぱい》を重《かさ》ねて、あか恥《はじ》ばかりかいていたら、少《すこ》しは重厚《じゅうこう》になるかもしれない。けれども、そのような失敗《しっぱい》にさえ、なんとか理窟《りくつ》をこじつけて、上手《じょうず》につくろい、ちゃんとしたような理論《りろん》を編《あ》み出《だ》し、苦肉《くにく》の芝居《しばい》なんか得々《とくとく》とやりそうだ。（こんな言葉《ことば》もどこかの本《ほん》で読《よ》んだことがある。）

ほんとうに私《わたし》は、どれが本当《ほんとう》の自分《じぶん》だかわからない。読《よ》む本《ほん》がなくなって、真似《まね》するお手本《てほん》がなんにも見《み》つからなくなった時《とき》には、私《わたし》は、いったいどうするだろう。手《て》も足《あし》も出《で》ない、萎縮《いしゅく》の態《たい》で、むやみに鼻《はな》をかんでばかりいるかもしれない。何《なに》しろ電車《でんしゃ》の中《なか》で、毎日《まいにち》こんなにふらふら考《かんが》えているばかりでは、だめだ。からだに、いやな温《あたた》かさが残《のこ》って、やりきれない。何《なに》かしなければ、どうにかしなければと思《おも》うのだが、どうしたら、自分《じぶん》をはっきりつかめるのか。これまでの私《わたし》の自己批判《じこひはん》なんて、まるで意味《いみ》ないものだったと思《おも》う。批判《ひはん》をしてみて、いやな、弱《よわ》いところに気付《きづ》くと、すぐそれに甘《あま》くおぼれて、いたわって、*角《つの》をためて牛《うし》を殺《ころ》すのはよくない、などと結論《けつろん》するのだから、批《ひ》判《はん》も何《なに》もあったものでない。何《なに》も考《かんが》えない方《ほう》が、むしろ良心的《りょうしんてき》だ。

この雑誌《ざっし》にも、「若《わか》い女《おんな》の欠点《けってん》」という見出《みだ》しで、いろんな人《ひと》が書《か》いてある。読《よ》んでいるうちに、自分《じぶん》のことを言《い》われたような気《き》がして恥《は》ずかしい気《き》にもなる。それに書《か》く人《ひと》、人《ひと》によって、ふだんばかだと思《おも》っている人《ひと》は、そのとおりに、ばかの感《かん》じがするようなことを言《い》っているし、写真《しゃしん》で見《み》て、おしゃれの感《かん》じのする人《ひと》は、おしゃれの言葉づかいをしているので、おかしくて、ときどきくすくす笑《わら》いながら読《よ》んでいく。宗教家《しゅうきょうか》は、すぐに信仰《しんこう》を持《も》ち出《だ》すし、教育家《きょういくか》は、始《はじ》めから終《お》わりまで恩《おん》、恩《おん》、と書《か》いてある。政治《せいじ》

角《つの》をためて牛《うし》を殺《ころ》す　小《ちい》さな欠点《けってん》を直《なお》そうとして、かえって全体《ぜんたい》をだめにしてしまうこと。

家《か》は、漢詩《かんし》を持《も》ち出《だ》す。作家《さっか》は、気取《きど》って、おしゃれな言葉《ことば》を使《つか》っている。しょっている。

でも、みんな、なかなか確実《かくじつ》なことばかり書《か》いてある。個性《こせい》のないこと。深味《ふかみ》のないこと。正《ただ》しい希望《きぼう》、正《ただ》しい野心《やしん》、そんなものから遠《とお》く離《はな》れていること。つまり、理想《りそう》のないこと。批判《ひはん》はあっても、自分《じぶん》の生活《せいかつ》に直接《ちょくせつ》むすびつける積極性《せっきょくせい》のないこと。無反省《むはんせい》。本当《ほんとう》の自覚《じかく》、自愛《じあい》、自重《じちょう》がない。勇気《ゆうき》のある行動《こうどう》をしても、そのあらゆる結果《けっか》について、責任《せきにん》が持《も》てるかどうか。自分《じぶん》の周囲《しゅうい》の生活様式《せいかつようしき》には順応《じゅんのう》し、これを処理《しょり》することに巧《たく》みであるが、自分《じぶん》、ならびに自分《じぶん》の周囲《しゅうい》の生活《せいかつ》に、正《ただ》しい強《つよ》い愛情《あいじょう》を持《も》っていない。本当《ほんとう》の意味《いみ》の謙遜《けんそん》がない。独創性《どくそうせい》にとぼしい。模倣《もほう》だけだ。人間本来《にんげんほんらい》の「愛《あい》」の感覚《かんかく》が欠如《けつじょ》してしまっている。お上品《じょうひん》ぶっていながら、気品《きひん》がない。そのほか、たくさんのことが書《か》かれている。本当《ほんとう》に、読《よ》んでいて、はっとすることが多《おお》い。決《けっ》して否定《ひてい》できない。

けれどもここに書《か》かれてある言葉全部《ことばぜんぶ》が、なんだか、楽観的《らっかんてき》な、この人《ひと》たちの普段《ふだん》の気持《きも》ちとは離《はな》れて、ただ書《か》いてみたというような感《かん》じがする。「本当《ほんとう》の意味《いみ》の」とか、「本来《ほんらい》の」とかいう形容詞《けいようし》がたくさんあるけれど、「本当《ほんとう》の」愛《あい》、「本当《ほんとう》の」自覚《じかく》、とは、どんなものか、はっきり手《て》にとるようには書《か》かれていない。この人《ひと》たちには、わかっているのかもしれない。それならば、もっと具体的《ぐたいてき》に、ただ一言《ひとこと》、右《みぎ》へ行《い》け、左《ひだり》へ行《い》け、と、ただ一言《ひとこと》、権威《けんい》をもって指《ゆび》で示《しめ》してくれたほうが、どんなにありがたいかわからない。

私《わたし》たち、愛《あい》の表現《ひょうげん》の方針《ほうしん》を見失《みうしな》っているのだから、あれもいけない、これもいけない、と言《い》わずに、こうしろ、ああしろ、と強《つよ》い力《ちから》で言《い》いつけてくれたら、私《わたし》たち、みんな、そのとおりにする。誰《だれ》も自信《じしん》がないのかしら。ここに意見《いけん》を発表《はっぴょう》している人《ひと》たちも、いつでも、どんな場合《ばあい》にでも、こんな意見《いけん》を持《も》っている、というわけではないのかもしれない。正《ただ》しい希望《きぼう》、正《ただ》しい野心《やしん》を持《も》っていない、と叱《しか》って居《い》られるけれども、そんなら私《わたし》たち、正《ただ》しい理想《りそう》を追《お》って行動《こうどう》した場合《ばあい》、この人《ひと》はどこまでも私《わたし》たちを見守《みまも》り、導《みちび》いていってくれるだろうか。

私《わたし》たちには、自身《じしん》の行《い》くべき最善《さいぜん》の場所《ばしょ》、行《い》きたく思《おも》う美《うつく》しい場所《ばしょ》、自身《じしん》を伸《の》ばして行《い》くべき場所《ばしょ》、おぼろげながら判《わか》っている。よい生活《せいかつ》を持《も》ちたいと思《おも》っている。それこそ正《ただ》しい希望《きぼう》、野心《やしん》を持《も》っている。頼《たよ》れるだけの動《うご》かない信念《しんねん》をも持《も》ちたいと、あせっている。しかし、これら全部《ぜんぶ》、娘《むすめ》なら娘《むすめ》としての生活《せいかつ》の上《うえ》に具現《ぐげん》しようとかかったら、どんなに努力《どりょく》が必要《ひつよう》なことだろう。お母《かあ》さん、お父《とう》さん、姉《あね》、兄《あに》たちの考《かんが》えかたもある。(口《くち》だけでは、やれ古《ふる》いのなんのって言《い》うけれども、決《けっ》して人生《じんせい》の先輩《せんぱい》、老人《ろうじん》、既婚《きこん》の人《ひと》たちを軽蔑《けいべつ》なんかしていない。それどころか、いつでも二目《にもく》も三目《さんもく》も置《お》いているはずだ。)始終生活《しじゅうせいかつ》と関係《かんけい》のある親類《しんるい》というものも、ある。知人《ちじん》もある。友達《ともだち》もある。それから、いつも大《おお》きな力《ちから》で私《わたし》たちを押《お》し流《なが》す「世《よ》の中《なか》」というものもあるのだ。これらすべてのことを思《おも》ったり見《み》たり考《かんが》えたりすると、自分《じぶん》の個性《こせい》を伸《の》ばすどころの騒《さわ》ぎではない。まあ、まあ目立《めだ》たずに、普通《ふつう》の多《おお》くの人《ひと》たちの通《とお》る路《みち》をだまって進《すす》んでいくのが、一《いち》ばん利巧《りこう》なのでしょうくらいに思《おも》わずにはいられない。少数者《しょうすうしゃ》への教育《きょういく》を、全般《ぜんぱん》へ施《ほどこ》すなんて、ずいぶんむごいことだとも思《おも》われる。

学校《がっこう》の*修身《しゅうしん》と、世《よ》の中《なか》の掟《おきて》と、すごく違《ちが》っているのが、だんだん大《おお》きくなるにつれてわかってきた。学校《がっこう》の修身《しゅうしん》を絶対《ぜったい》に守《まも》っていると、その人《ひと》はばかを見《み》る。変人《へんじん》と言《い》われる。出世《しゅっせ》しないで、いつも貧乏《びんぼう》だ。嘘《うそ》をつかない人《ひと》なんて、あるかしら。あったら、その人《ひと》は、永遠《えいえん》に敗北者《はいぼくしゃ》だ。私《わたし》の肉親関係《にくしんかんけい》のうちにも、ひとり、行《おこな》い正《ただ》しく、固《かた》い信念《しんねん》を持《も》って、理想《りそう》を追及《ついきゅう》して、それこそ本当《ほんとう》の意味《いみ》で生《い》きている人《ひと》があるのだけれど、親類《しんるい》の人《ひと》みんな、その人《ひと》を悪《わる》く言《い》っている。馬鹿《ばか》あつかいしている。私《わたし》なんか、そんな馬鹿《ばか》あつかいされて敗北《はいぼく》するのがわかっていながら、お母《かあ》さんや皆《みな》に反対《はんたい》してまで自分《じぶん》の考《かんが》えかたを伸《の》ばすことは、できない。おっかないのだ。小《ちい》さい時分《じぶん》には、私《わたし》も、自分《じぶん》の気《き》持《も》ちとひとの気持《きも》ちと全《まった》く違《ちが》ってしまったときには、お母《かあ》さんに、

「なぜ？」と聴《き》いたものだ。そのときには、お母《かあ》さんは、何《なに》か一言《ひとこと》で片《かた》づけて、そうして怒《おこ》ったものだ。悪《わる》い、不良《ふりょう》みたいだ、と言《い》って、お母《かあ》さんは悲《かな》しがっていたようだった。お父《とう》さんに言《い》ったこともある。お父《とう》さんは、そのときただ黙《だま》って笑《わら》っていた。そしてあとでお母《かあ》さんに「中心《ちゅうしん》はずれの子《こ》だ」とおっしゃっていたそうだ。だんだん大《おお》きくなるにつれて、私《わたし》は、おっかなびっくりになってしまった。

洋服《ようふく》いちまい作《つく》るのにも、人々《ひとびと》の思惑《おもわく》を考《かんが》えるようになってしまった。自分《じぶん》の個性《こせい》みたいなものを、本当《ほんとう》は、こっそり愛《あい》しているのだけれども、愛《あい》していきたいとは思《おも》うの

修身《しゅうしん》
第二次世界大戦前《だいにじせかいたいせんまえ》の小学校《しょうがっこう》の科目《かもく》のひとつ。戦後《せんご》の道徳教育《どうとくきょういく》に相当《そうとう》するもの。

だけど、それをはっきり自分《じぶん》のものとして体現《たいげん》するのは、おっかないのだ。人々《ひとびと》が、よいと思《おも》う娘《むすめ》になろうといつも思《おも》う。たくさんの人《ひと》たちが集《あつ》まったとき、どんなに自分《じぶん》は卑屈《ひくつ》になることだろう。口《くち》に出《だ》したくもないことを、気持《きも》ちと全然《ぜんぜん》はなれたことを、嘘《うそ》ついてペチャペチャやっている。そのほうが得《とく》だ、得《とく》だと思《おも》うからなのだ。いやなことだと思《おも》う。早《はや》く道徳《どうとく》が一変《いっぺん》するときがくればよいと思《おも》う。そうすると、こんな卑屈《ひくつ》さも、また自分《じぶん》のためでなく、人《ひと》の思惑《おもわく》のために毎日《まいにち》をポタポタ生活《せいかつ》することもなくなるだろう。

　おや、あそこ、席《せき》が空《あ》いた。いそいで網棚《あみだな》から、お道具《どうぐ》と傘《かさ》をおろし、すばやく割《わ》りこむ。右隣《みぎどな》りは中学生《ちゅうがくせい》、左隣《ひだりどな》りは、子供《こども》背負《せお》ってねんねこ着《き》ているおばさん。おばさんは、年《とし》よりのくせに厚化粧《あつげしょう》をして、髪《かみ》を流行《りゅうこう》まきにしている。顔《かお》は綺麗《きれい》なのだけれど、のどの所《ところ》に皺《しわ》が黒《くろ》く寄《よ》っていて、あさましく、ぶってやりたいほどいやだった。

　人間《にんげん》は、立《た》っているときと、坐《すわ》っているときと、まるっきり考《かんが》えることが違《ちが》ってくる。坐《すわ》っていると、なんだか頼《たよ》りない、無気力《むきりょく》なことばかり考《かんが》える。私《わたし》と向《む》かい合《あ》っている席《せき》には、四《し》、五人《ごにん》、同《おな》じ年齢《とし》恰好《かっこう》のサラリイマンが、ぼんやり坐《すわ》っている。三十ぐらいであろうか。みんな、いやだ。眼《め》が、どろんと濁《にご》っている。*覇気《はき》がない。けれども、私《わたし》がいま、このうちの誰《だれ》かひとりに、にっこり笑《わら》って見《み》せると、たったそれだけで私《わたし》は、ずるずる引《ひ》きずられて、その人《ひと》と結婚《けっこん》しなければならぬ破目《はめ》におちるかもしれないのだ。女《おんな》は、自分《じぶん》の運命《うんめい》を決《けっ》するのに、微笑《びしょうひと》一つでたくさんなのだ。おそろしい。不思議《ふしぎ》なく

覇気《はき》がない　物事《ものごと》に積極的《せっきょくてき》に取《と》り組もうとする姿勢《しせい》や気持《きも》ちが見《み》られないこと。

らいだ。気《き》をつけよう。

けさは、ほんとに妙《みょう》なことばかり考《かんが》える。二《に》、三日《さんにち》まえから、うちのお庭《にわ》を手入《てい》れしに来《き》ている植木屋《うえきや》さんの顔《かお》が目《め》にちらついて、しかたがない。どこからどこまで植木屋《うえきや》さんなのだけれど、顔《かお》の感《かん》じが、どうしてもちがう。大《おお》げさに言《い》えば、*思索家《しさくか》みたいな顔《かお》をしている。色《いろ》は黒《くろ》いだけにしまって見《み》える。目《め》がよいのだ。眉《まゆ》もせまっている。鼻《はな》は、すごく獅子《しし》っぱなだけれど、それがまた、色《いろ》の黒《くろ》いのにマッチして、意志《いし》が強《つよ》そうに見《み》える。唇《くちびる》のかたちも、なかなかよい。耳《みみ》は少《すこ》し汚《きたな》い。手《て》といったら、それこそ植木《うえき》屋《や》さんに逆《ぎゃく》もどりだけれど、黒《くろ》いソフトを深《ふか》くかぶった日蔭《ひかげ》の顔《かお》は、植木屋《うえきや》さんにしておくのは惜《お》しい気《き》がする。お母《かあ》さんに、三度《さんど》も四度《よんど》も、あの植木屋《うえきや》さん、はじめから植《う》木屋《きや》さんだったのかしら、とたずねて、しまいに叱《しか》られてしまった。

きょう、お道具《どうぐ》を包《つつ》んで来《き》たこの風呂敷《ふろしき》は、ちょうど、あの植木屋《うえきや》さんがはじめてきた日《ひ》に、お母《かあ》さんからもらったのだ。あの日《ひ》は、うちのほうの大掃除《おおそうじ》だったので、台所《だいどころ》直《なお》しさんや、畳屋《たたみや》さんもはいっていて、お母《かあ》さんも簞笥《たんす》のものを整理《せいり》して、そのときに、この風呂敷《ふろしき》が出《で》てきて、私《わたし》がもらった。綺麗《きれい》な女《おんな》らしい風呂敷《ふろしき》。綺麗《きれい》だから、結《むす》ぶのが惜《お》しい。こうして坐《すわ》って、膝《ひざ》の上《うえ》にのせて、何度《なんど》もそっと見《み》てみる。撫《な》でる。電車《でんしゃ》の中《なか》の皆《みな》の人《ひと》にも見《み》てもらいたいけれど、誰《だれ》も見《み》ない。この可愛《かわい》い風呂敷《ふろしき》を、ただ、ちょっと見《み》つめてさえくださったら、私《わたし》は、その人《ひと》のところへお嫁《よめ》に行《い》くことにきめてもいい。

本能《ほんのう》、という言葉《ことば》につきあたると、泣《な》いてみたくなる。本能《ほんのう》の大《おお》きさ、私《わたし》たちの意志《いし》

思索家《しさくか》
論理的《ろんりてき》に筋道《すじみち》を立《た》てて深《ふか》く考《かんが》える人《ひと》。

では動《うご》かせない力《ちから》、そんなことが、自分《じぶん》の時々《ときどき》のいろんなことから判《わか》ってくると、気《き》が狂《くる》いそうな気持《きも》ちになる。どうしたらよいのだろうか、とぼんやりなってしまう。否定《ひてい》も肯定《こうてい》もない、ただ、大《おお》きな大《おお》きなものが、がばと頭《あたま》からかぶさってきたようなものだ。そして私《わたし》を自由《じゆう》に引《ひ》きずりまわしているのだ。引《ひ》きずられながら満足《まんぞく》している気持《きも》ちと、それを悲《かな》しい気持《きも》ちで眺《なが》めている別《べつ》の感情《かんじょう》と。

なぜ私《わたし》たちは、自分《じぶん》だけで満足《まんぞく》し、自分《じぶん》だけを一生愛《いっしょうあい》していけないのだろう。本能《ほんのう》が、私《わたし》のいままでの感情《かんじょう》、理性《りせい》を喰《く》ってゆくのを見《み》るのは、情《なさ》けない。ちょっとでも自分《じぶん》を忘《わす》れることがあった後《あと》は、ただ、がっかりしてしまう。あの自分《じぶん》、この自分《じぶん》にも本能《ほんのう》が、はっきりあることを知《し》ってくるのは、泣《な》けそうだ。お母《かあ》さん、お父《とう》さんと呼《よ》びたくなる。けれども、また、真実《しんじつ》というものは、案外《あんがい》、自分《じぶん》が厭《いや》だと思《おも》っているところにあるのかもしれないのだから、いよいよ情《なさ》けない。

もう、お茶《ちゃ》の水《みず》。プラットフオムに降《お》り立《た》ったら、なんだかすべて、けろりとしていた。いま過《す》ぎたことを、いそいで思《おも》いかえしたく努《つと》めたけれど、いっこうに思《おも》い浮《う》かばない。あの、つづきを考《かんが》えようと、あせったけれど、何《なに》も思《おも》うことがない。からっぽだ。その時《とき》、時《とき》には、ずいぶんと自分《じぶん》の気持《きも》ちを打《う》ったものもあったようだし、くるしい恥《は》ずかしいこともあった筈《はず》なのに、過《す》ぎてしまえば、何《なに》もなかったのと全《まった》く同《おな》じだ。いま、という瞬間《しゅんかん》は、面白《おもしろ》い。いま、いま、いま、と指《ゆび》でおさえているうちにも、いま、は遠《とお》くへ飛《と》び去《さ》って、あたらしい「いま」が来《き》ている。ブリッジの階段《かいだん》をコトコト昇《のぼ》りながら、ナンジャラホイと思《おも》った。ばかばかしい。私《わたし》は、少《すこ》し幸福《こうふく》すぎるのかもしれない。けさの小杉先生《こすぎせんせい》は綺麗《きれい》。私《わたし》の風呂敷《ふろしき》みたいに綺麗《きれい》。美《うつく》しい青色《あおいろ》の似合《にあ》う先生《せんせい》。胸《むね》の真紅《しんく》のカーネーションも目立《めだ》つ。「つくる」ということがなかったら、もっともっとこの先生《せんせい》すきなのだけれど。あまりにポオズをつけすぎる。どこか、無理《むり》がある。あれじゃあ疲《つか》れることだろう。性格《せいかく》も、どこか難解《なんかい》なところがある。わからないところをたくさん持《も》っている。暗《くら》い性質《せいしつ》なのに、無理《むり》に明《あか》るく見《み》せようとしているところも見《み》える。しかし、なんといっても魅《ひ》かれる女《おんな》のひとだ。学校《がっこう》の先生《せんせい》なんてさせておくの惜《お》しい気《き》がする。お教室《きょうしつ》では、まえほど人気《にんき》がなくなったけれど、私《わたし》は、私《わたし》ひとりは、まえと同様《どうよう》に魅《ひ》かれている。山中《さんちゅう》、湖畔《こはん》の古城《こじょう》に住《す》んでいる令嬢《れいじょう》、そんな感《かん》じがある。いやに、ほめてしまったものだ。

小杉先生《こすぎせんせい》のお話《はなし》は、どうして、いつもこんなに固《かた》いのだろう。頭《あたま》がわるいのじゃないかしら。悲《かな》しくなっちゃう。さっきから、愛国心《あいこくしん》について永々《ながなが》と説《と》いて聞《き》かせているのだけれど、そんなこと、わかりきっているじゃないか。どんな人《ひと》にだって、自分《じぶん》の生《う》まれたところを愛《あい》する気持《きも》ちはあるのに。つまらない。

机《つくえ》に頬杖《ほおづえ》ついて、ぼんやり窓《まど》のそとを眺《なが》める。風《かぜ》の強《つよ》いゆえか、雲《くも》が綺麗《きれい》だ。お庭《にわ》の隅《すみ》に、薔薇《ばら》の花《はな》が四《よっ》つ咲《さ》いている。黄色《きいろ》が一《ひと》つ、白《しろ》が二《ふた》つ、ピンクが一《ひと》つ。ぽかんと花《はな》を眺《なが》めながら、人間《にんげん》も、本当《ほんとう》によいところがある、と思《おも》った。花《はな》の美《うつく》しさを見《み》つけたのは、人間《にんげん》だし、花《はな》を愛《あい》するのも人間《にんげん》だもの。

79　女生徒

お昼御飯《ひるごはん》のときは、お化《ば》け話《ばなし》が出《で》る。ヤスベエねえちゃんの、*一高七不思議《いちこうななふしぎ》の一《ひと》つ、「開《あ》かずの扉《とびら》」には、もう、みんな、きゃあ、きゃあ。ドロンドロン式《しき》でなく、心理的《しんりてき》なので、面白《おもしろ》い。あんまり騒《さわ》いだので、いま食《た》べたばかりなのに、もうペコになってしまった。さっそくアンパン夫人《ふじん》から、キャラメルごちそうになる。それからまた、ひとしきり恐怖物語《きょうふものがたり》にみなさん夢中《むちゅう》。誰《だれ》でもかれでも、このお化《ば》け話《ばなし》とやらには、興味《きょうみ》がわくらしい。一《ひと》つの刺戟《しげき》でしょうかな。それから、これは怪談《かいだん》ではないけれど、「*久原房之助《くはらふさのすけ》」の話《はなし》、おかしい、おかしい。

午後《ごご》の図画《ずが》の時間《じかん》には、皆《みな》、校庭《こうてい》に出《で》て、写生《しゃせい》のお稽古《けいこ》。伊藤先生《いとうせんせい》は、どうして私《わたし》を、いつも無意味《むいみ》に困《こま》らせるのだろう。きょうも私《わたし》に、先生《せんせい》ご自身《じしん》の絵《え》のモデルになるよう言《い》いつけた。私《わたし》のけさ持参《じさん》した古《ふる》い雨傘《あまがさ》が、クラスの大歓迎《だいかんげい》を受《う》けて、皆《みな》さん騒《さわ》ぎたてるものだから、とうとう伊藤先生《いとうせんせい》にもわかってしまって、その雨傘《あまがさ》持《も》って、校庭《こうてい》の隅《すみ》の薔薇《ばら》の傍《かたわら》に立《た》っているよう、言《い》いつけられた。先生《せんせい》は、私《わたし》のこんな姿《すがた》をかいて、こんど展覧会《てんらんかい》に出《だ》すのだそうだ。三十分間《ぶんかん》だけ、モデルになってあげることを承諾《しょうだく》する。すこしでも、人《ひと》のお役《やく》に立《た》つことは、うれしいものだ。

けれども、伊藤先生《いとうせんせい》と二人《ふたり》で向《む》かい合《あ》っていると、とても疲《つか》れる。話《はなし》がねちねちして理窟《りくつ》が多《おお》すぎるし、あまりにも私《わたし》を意識《いしき》しているゆえか、スケッチしながらでも話《はな》すことが、みんな私《わたし》のことばかり。返事《へんじ》するのも面倒《めんどう》くさく、わずらわしい。ハッキリしない人《ひと》である。変《へん》に笑《わら》ったり、先生《せんせい》のくせに恥《は》ずかしがったり、何《なに》しろサッパリしないの

一高《いちこう》 現在《げんざい》の東京大学《とうきょうだいがく》の前身《ぜんしん》となった旧制《きゅうせい》高等学校《こうとうがっこう》。

久原房之助《くはらふさのすけ》 実業家《じつぎょうか》・政治家《せいじか》。鉱業所《こうぎょうしょ》や財閥《ざいばつ》の総帥《そうすい》となり、「鉱山王《こうざんおう》」と呼《よ》ばれた。

には、ゲッとなりそうだ。
「死《し》んだ妹《いもうと》を、思《おも》い出《だ》します。」なんて、やりきれない。人《ひと》は、いい人《ひと》なんだろうけれど、ゼスチュアが多《おお》すぎる。

ゼスチュアといえば、私《わたし》だって、負《ま》けないでたくさんに持《も》っている。私《わたし》のは、その上《うえ》、ずるくて利巧《りこう》に立《た》ちまわる。本当《ほんとう》にキザなのだから始末《しまつ》に困《こま》る。「自分《じぶん》は、ポオズをつくりすぎて、ポオズに引《ひ》きずられている嘘《うそ》つきの化《ば》けものだ。」なんていって、これがまた、一《ひと》つのポオズなのだから、動《うご》きがとれない。こうして、おとなしく先生《せんせい》のモデルになってあげていながらも、つくづく、「自然《しぜん》になりたい、素直《すなお》になりたい。」と祈《いの》っているのだ。

本《ほん》なんか読《よ》むのやめてしまえ。観念《かんねん》だけの生活《せいかつ》で、無意味《むいみ》な、*高慢《こうまん》ちきの知《し》ったかぶりなんて、軽蔑《けいべつ》、軽蔑《けいべつ》。やれ生活《せいかつ》の目標《もくひょう》がないの、もっと生活《せいかつ》に、人生《じんせい》に、積極的《せっきょくてき》になればいいの、自分《じぶん》には矛盾《むじゅん》があるのどうのって、しきりに考《かんが》えたり悩《なや》んだりしているようだが、おまえのは、感傷《かんしょう》だけさ。自分《じぶん》をかわいがって、慰《なぐさ》めているだけなのさ。それからずいぶん自分《じぶん》を買《か》いかぶっているのですよ。

ああ、こんな心《こころ》の汚《きたな》い私《わたし》をモデルにしたりなんかして、先生《せんせい》の画《え》は、きっと落選《らくせん》だ。美《うつく》しいはずがないもの。いけないことだけれど、伊藤先生《いとうせんせい》がばかに見《み》えてしようがない。先生《せんせい》は、私《わたし》の下着《したぎ》に、薔薇《ばら》の花《はな》の刺繍《ししゅう》のあることさえ、知《し》らない。

だまって同《おな》じ姿勢《しせい》で立《た》っていると、やたら無性《むしょう》に、お金《かね》が欲《ほ》しくなってくる。十円《じゅうえん》あ

高慢《こうまん》ちき 思《おも》い上《あ》がって人《ひと》を見下《みくだ》している様子《ようす》がにくらしいこと。高慢《こうまん》な人《ひと》をののしっていう語《ご》。

れば、よいのだけれど。「*マダム・キュリイ」が一《いち》ばん読《よ》みたい。それから、ふっと、お母《かあ》さん長生《ながい》きするように、と思《おも》う。先生《せんせい》のモデルになっていると、へんに、つらい。くたくたに疲《つか》れた。

放課後《ほうかご》は、お寺《てら》の娘《むすめ》さんのキン子《こ》さんと、こっそり、ハリウッドへ行《い》って、髪《かみ》をやってもらう。できあがったのを見《み》ると、頼《たの》んだようにできていないので、がっかりだ。どう見《み》たって、私《わたし》は、ちっともかわいくない。あさましい気《き》がした。したたかに、しょげちゃった。こんな所《ところ》へ来《き》て、こっそり髪《かみ》をつくってもらうなんて、すごく汚《きたな》らしい一羽《いちわ》の雌鶏《めんどり》みたいな気《き》さえしてきて、つくづくいまは後悔《こうかい》した。私《わたし》たち、こんなところへくるなんて、自分自身《じぶんじしん》を軽蔑《けいべつ》していることだと思《おも》った。お寺《てら》さんは、大《おお》はしゃぎ。

「このまま、見合《みあ》いに行《い》こうかしら。」なぞと乱暴《らんぼう》なこと言《い》い出《だ》して、そのうちに、なんだかお寺《てら》さんご自身《じしん》、見合《みあ》いに、ほんとうに行《い》くことにきまってしまったような錯覚《さっかく》を起《お》こしたらしく、

「こんな髪《かみ》には、どんな色《いろ》の花《はな》を挿《さ》したらいいの？」とか、「和服《わふく》のときには、帯《おび》は、どんなのがいいの？」なんて、本気《ほんき》にやり出《だ》す。

ほんとに、何《なに》も考《かんが》えないかわいらしい人《ひと》。

「どなたと見合《みあ》いなさるの？」と私《わたし》も、笑《わら》いながら尋《たず》ねると、

「もち屋《や》は、もち屋《や》と言《い》いますからね。」と、すまして答《こた》えた。それどういう意味《いみ》なの、と私《わたし》も少《すこ》し驚《おどろ》いて聴《き》いてみたら、お寺《てら》の娘《むすめ》はお寺《てら》へお嫁入《よめい》りするのが一《いち》ばんいいのよ、

マダム・キュリイ フランスの科学《かがく》者《しゃ》、キュリー夫《ふ》人《じん》。

一生《いっしょう》食《た》べるのに困《こま》らないし、と答《こた》えて、また私《わたし》を驚《おどろ》かせた。

キン子《こ》さんは、全《まった》く無性格《むせいかく》みたいで、それゆえ、女《おんな》らしさでいっぱいだ。学校《がっこう》で私《わたし》と席《せき》がお隣《とな》りどうしだというだけで、そんなに私《わたし》は親《した》しくしてあげているわけでもないのに、お寺《てら》さんのほうでは、私《わたし》のことを、あたしの一《いち》ばんの親友《しんゆう》です、なんて皆《みな》に言《い》っている。かわいい娘《むすめ》さんだ。一日置《いちにちお》きに手紙《てがみ》をよこしたり、なんとなくよく世話《せわ》をしてくれて、ありがたいのだけれど、きょうは、あんまり大《おお》げさにはしゃいでいるので、私《わたし》も、さすがにいやになった。お寺《てら》さんとわかれて、バスに乗《の》ってしまった。なんだか、なんだか憂鬱《ゆううつ》だ。

バスの中《なか》で、いやな女《おんな》のひとを見《み》た。襟《えり》のよごれた着物《きもの》を着《き》て、もじゃもじゃの赤《あか》い髪《かみ》を櫛一本《くしいっぽん》に巻《ま》きつけている。手《て》も足《あし》もきたない、それに男《おとこ》か女《おんな》か、わからないような、むっとした赤黒《あかぐろ》い顔《かお》をしている。それに、ああ、胸《むね》がむかむかする。その女《おんな》は、大《おお》きいおなかをしているのだ。ときどき、ひとりで、にやにや笑《わら》っている。雌鶏《めんどり》。こっそり、髪《かみ》をつくりに、ハリウッドなんかへ行《い》く私《わたし》だって、ちっとも、この女《おんな》の人《ひと》と変《か》わらないのだ。

けさ、電車《でんしゃ》で隣《とな》り合《あ》わせた厚化粧《あつげしょう》のおばさんをも思《おも》い出《だ》す。ああ、汚《きたな》い、汚《きたな》い。女《おんな》は、いやだ。自分《じぶん》が女《おんな》だけに、女《おんな》の中《なか》にある不潔《ふけつ》さが、よくわかって、歯《は》ぎしりするほど、いやだ。金魚《きんぎょ》をいじったあとの、あのたまらない生臭《なまぐさ》さが、自分《じぶん》のからだいっぱいにしみついているようで、洗《あら》っても、洗《あら》っても、落《お》ちないようで、こうして一日一日《いちにちいちにち》、自分《じぶん》も雌《めす》の体臭《たいしゅう》を発散《はっさん》させるようになって行《い》くのかと思《おも》えば、また、思《おも》い当《あた》ることもあるので、いっそこのまま、少女《しょうじょ》のままで死《し》にたくなる。ふと、病気《びょうき》になりたく思《おも》う。うんと重《おも》い病気《びょうき》になって、汗《あせ》を滝《たき》のように流《なが》して細《ほそ》く痩《や》せたら、私《わたし》も、すっきり清浄《せいじょう》になれるかも知《し》れない。生《い》きている限《かぎ》りは、とてものがれられないことなのだろうか。しっかりした宗教《しゅうきょう》の意味《いみ》もわかりかけてきたような気《き》がする。

バスから降《お》りると、少《すこ》しほっとした。どうも乗《の》り物《もの》は、いけない。空気《くうき》が、なまぬるくて、やりきれない。大地《だいち》は、いい。土《つち》を踏《ふ》んで歩《ある》いていると、自分《じぶん》を好《す》きになる。どうも私《わたし》は、少《すこ》しおっちょこちょいだ。*極楽《ごくらく》トンボだ。かえろかえろと何見《なにみ》てかえる、畠《はたけ》の玉《たま》ねぎ見《み》い見《み》いかえろ、かえろが鳴《な》くからかえろ。と小《ちい》さい声《こえ》でうたってみて、この子《こ》は、なんてのんきな子《こ》だろう、と自分《じぶん》ながら歯《は》がゆくなって、背《せ》ばかり伸《の》びるこの*ボーボーが憎《にく》らしくなる。いい娘《むすめ》さんになろうと思《おも》った。

このお家《うち》に帰《かえ》る田舎道《いなかみち》は、毎日毎日《まいにちまいにち》、あんまり見《み》なれているので、どんな静《しず》かな田舎《いなか》だか、わからなくなってしまった。ただ、木《き》、道《みち》、畠《はたけ》、それだけなのだから。きょうは、ひとつ、よそからはじめてこの田舎《いなか》にやって来《き》た人《ひと》の真似《まね》をしてみよう。私《わたし》は、ま、神《かん》田《だ》あたりの下駄屋《げたや》さんのお嬢《じょう》さんで、生《う》まれてはじめて郊外《こうがい》の土《つち》を踏《ふ》むのだ。すると、この田舎《いなか》は、いったいどんなに見《み》えるだろう。すばらしい思《おも》いつき。かわいそうな思《おも》いつき。

極楽《ごくらく》トンボ 楽天的《らくてんてき》でのんきな性質《せいしつ》の人《ひと》をからかった語《ご》。

ボーボー 漢字《かんじ》で「茫茫《ぼうぼう》」のこと。毛《け》や草《くさ》がたくさん生《は》えて伸《の》びきった様子《ようす》。

私《わたし》は、あらたまった顔《かお》つきになって、わざと、大《おお》げさにきょろきょろしてみる。小《ちい》さい並木路《なみきみち》を下《くだ》るときには、振《ふ》り仰《あお》いで新緑《しんりょく》の枝々《えだえだ》を眺《なが》め、まあ、と小《ちい》さい叫《さけ》びを挙《あ》げてみて、土橋《どばし》を渡《わた》るときには、しばらく小川《おがわ》をのぞいて、水鏡《みずかがみ》に顔《かお》をうつして、ワンワンと、犬《いぬ》の真似《まね》して吠《ほ》えてみたり、遠《とお》くの畠《はたけ》を見《み》るときは、目《め》を小《ちい》さくして、うっとりした風《ふう》をして、いいわねえ、と呟《つぶや》いてため息《いき》。神社《じんじゃ》では、また一休《ひとやす》み。神社《じんじゃ》の森《もり》の中《なか》は、暗《くら》いので、あわてて立《た》ち上《あ》がって、おお、こわこわ、と言《い》い肩《かた》を小《ちい》さくすぼめて、そそくさ森《もり》を通《とお》り抜《ぬ》け、森《もり》のそとの明《あか》るさに、わざと驚《おどろ》いたようなふうをして、いろいろ新《あたら》しく新《あたら》しく、と心掛《こころが》けて田舎《いなか》の道《みち》を、凝《こ》って歩《ある》いているうちに、なんだか、たまらなく淋《さび》しくなってきた。とうとう道傍《みちばた》の草原《そうげん》に、ペタリと坐《すわ》ってしまった。

草《くさ》の上《うえ》に坐《すわ》ったら、つい今《いま》しがたまでの浮《う》き浮《う》きした気持《きも》ちが、コトンと音《おと》たてて消《き》えて、ぎゅっとまじめになってしまった。そうして、このごろの自分《じぶん》を、静《しず》かに、ゆっくり思《おも》ってみた。なぜ、このごろの自分《じぶん》が、いけないのか。どうして、こんなに不安《ふあん》なのだろう。いつでも、何《なに》かにおびえている。この間《あいだ》も、誰《だれ》かに言《い》われた。「あなたは、だんだん俗《ぞく》っぽくなるのね。」

そうかもしれない。私《わたし》は、たしかに、いけなくなった。くだらなくなった。いけない、いけない。弱《よわ》い、弱《よわ》い。だしぬけに、大《おお》きな声《こえ》が、ワッと出《で》そうになった。ちぇっ、そんな叫《さけ》び声《ごえ》あげたくらいで、自分《じぶん》の弱虫《よわむし》を、ごまかそうたって、だめだぞ。もっとどうにかなれ。私《わたし》は、恋《こい》をしているのかもしれない。青草原《あおくさはら》にあおむけに寝《ね》ころがった。

「お父《とう》さん。」と呼《よ》んでみる。お父《とう》さん、お父《とう》さん。夕焼《ゆうやけ》の空《そら》は綺麗《きれい》です。そうして、夕《ゆう》もやは、ピンク色《いろ》。夕日《ゆうひ》の光《ひかり》がもやの中《なか》に溶《と》けて、にじんで、そのためにもやがこんなに、やわらかいピンク色《いろ》になったのでしょう。そのピンクのもやがゆらゆら流《なが》れて、木立《こだ》ちの間《あいだ》にもぐっていったり、路《みち》の上《うえ》を歩《ある》いたり、草原《そうげん》をなでたり、そうして、私《わたし》のからだを、ふんわり包《つつ》んでしまいます。私《わたし》の髪《かみ》の毛《け》一本《いっぽん》一本《いっぽん》まで、ピンクの光《ひかり》は、そっとかすかにてらして、そうしてやわらかくなでてくれます。

それよりも、この空《そら》は、美《うつく》しい。このお空《そら》には、私《わたし》うまれてはじめて頭《あたま》を下《さ》げたいのです。私《わたし》は、いま神様《かみさま》を信《しん》じます。これは、この空《そら》の色《いろ》は、なんという色《いろ》なのかしら。薔薇《ばら》。火事《かじ》。虹《にじ》。天使《てんし》の翼《つばさ》。*大伽藍《だいがらん》。いいえ、そんなんじゃない。もっと、もっと神々《こうごう》しい。

「みんなを愛《あい》したい。」と涙《なみだ》が出《で》そうなくらい思《おも》いました。じっと空《そら》を見《み》ていると、だんだん空《そら》が変《か》わってゆくのです。だんだん青味《あおみ》がかってゆくのです。ただ、ため息《いき》ばか

大伽藍《だいがらん》 大《おお》きな寺院《じいん》の建物《たてもの》。

りで、裸《はだか》になってしまいたくなりました。それから、いまほど木《こ》の葉《は》や草《くさ》が透明《とうめい》に、美《うつく》しく見《み》えたこともありません。そっと草《くさ》に、さわってみました。

美《うつく》しく生《い》きたいと思《おも》います。

家《うち》へ帰《かえ》ってみると、お客様《きゃくさま》。お母《かあ》さんも、もうかえっておられる。例《れい》によって、何《なに》か、にぎやかな笑《わら》い声《ごえ》。お母《かあ》さんは、私《わたし》と二人《ふたり》きりのときには、顔《かお》がどんなに笑《わら》っていても、声《こえ》をたてない。けれども、お客様《きゃくさま》とお話《はなし》しているときには、顔《かお》は、ちっとも笑《わら》ってなくて、声《こえ》ばかり、かん高《だか》く笑《わら》っている。

挨拶《あいさつ》して、すぐ裏《うら》へまわり、井戸端《いどばた》で手《て》を洗《あら》い、靴下脱《くつしたぬ》いで、足《あし》を洗《あら》っていたら、魚《さかな》やさんが来《き》て、お待《ま》ちどおさま、まいど、ありがとうと言《い》って、大《おお》きなお魚《さかな》を一匹《いっぴき》、井《い》戸端《どばた》へ置《お》いていった。なんという、お魚《さかな》か、わからないけれど、鱗《うろこ》のこまかいところ、これは北海《ほっかい》のものの感《かん》じがする。お魚《さかな》を、お皿《さら》に移《うつ》して、また手《て》を洗《あら》っていたら、北海《ほっかい》道《どう》の夏《なつ》の臭《にお》いがした。おととしの夏休《なつやす》みに、北海道《ほっかいどう》のお姉《ねえ》さんの家《いえ》へ遊《あそ》びにいったときのことを思《おも》い出《だ》す。苫小牧《とまこまい》のお姉《ねえ》さんの家《いえ》は、海岸《かいがん》に近《ちか》いゆえか、始終《しじゅう》お魚《さかな》の臭《にお》いがしていた。お姉《ねえ》さんが、あのお家《うち》のがらんと広《ひろ》いお台所《だいどころ》で、夕方《ゆうがた》ひとり、白《しろ》い女《おんな》らしい手《て》で、上手《じょうず》にお魚《さかな》をお料理《りょうり》していた様子《ようす》も、はっきり浮《う》かぶ。

私《わたし》は、あのとき、なぜかお姉《ねえ》さんに甘《あま》えたくて、たまらなく焦《こ》がれて、でもお姉《ねえ》さんには、あのころ、もう年《とし》ちゃんも生《う》まれていて、お姉《ねえ》さんは、私《わたし》のものではなかったのだから、それを思《おも》えば、ヒュウと冷《つめ》たいすきま風《かぜ》が感《かん》じられて、どうしても、姉《ねえ》さんの細《ほそ》い肩《かた》に抱《だ》きつくことができなくて、死《し》ぬほど寂《さび》しい気持《きも》ちで、じっと、あのほの暗《くら》いお台所《だいどころ》の隅《すみ》に立《た》ったまま、気《き》の遠《とお》くなるほどお姉《ねえ》さんの白《しろ》くやさしく動《うご》く指先《ゆびさき》を見《み》つめていたことも、思《おも》い出《だ》される。過《す》ぎ去《さ》ったことは、みんな懐《なつ》かしい。肉身《にくしん》って、不思議《ふしぎ》なもの。他人《たにん》ならば、遠《とお》く離《はな》れるとしだいに淡《あわ》く、忘《わす》れてゆくものなのに、肉身《にくしん》は、なおさら、懐《なつ》かしい美《うつく》しいところばかり思《おも》い出《だ》されるのだから。

井戸端《いどばた》のぐみの実《み》が、ほんのりあかく色《いろ》づいている。もう二週間《にしゅうかん》もしたら、たべられるようになるかもしれない。去年《きょねん》は、おかしかった。私《わたし》が夕方《ゆうがた》ひとりでぐみをとってたべていたら、ジャピイ黙《だま》って見《み》ているので、かわいそうで一《ひと》つやった。そしたら、ジャピイ食《た》べちゃった。また二《ふた》つやったら、食《た》べた。あんまり面白《おもしろ》くて、この木《き》をゆすぶって、ポタポタ落《お》としたら、ジャピイ夢中《むちゅう》になって食《た》べはじめた。ばかなやつ。ぐみを食《た》べる犬《いぬ》なんて、はじめてだ。私《わたし》も背伸《せの》びしては、ぐみをとって食《た》べている。ジャピイも下《した》で食《た》べている。おかしかった。そのこと、思《おも》い出《だ》したら、ジャピイを懐《なつ》かしくて、

「ジャピイ！」と呼《よ》んだ。

ジャピイは、玄関《げんかん》のほうから、気取《きど》って走《はし》ってきた。急《きゅう》に、歯《は》ぎしりするほどジャピイをかわいくなっちゃって、シッポを強《つよ》く掴《つか》むと、ジャピイは私《わたし》の手《て》を柔《やわら》かく噛《か》んだ。涙《なみだ》が出《で》そうな気持《きも》ちになって、頭《あたま》をぶってやる。ジャピイは、平気《へいき》で、井戸端《いどばた》の水《みず》を音《おと》をたててのむ。

お部屋《へや》へはいると、ぼっと電灯《でんとう》が、ともっている。しんとしている。お父《とう》さんいない。

やっぱり、お父《とう》さんがいないと、家《いえ》の中《なか》に、どこか大《おお》きい空席《くうせき》が、ポカンと残《のこ》ってあるような気《き》がして、身《み》もだえしたくなる。

和服《わふく》に着換《きか》え、脱《ぬ》ぎ捨《す》てた下着《したぎ》の薔薇《ばら》にきれいなキスして、それから鏡台《きょうだい》のまえに坐《すわ》ったら、客間《きゃくま》のほうからお母《かあ》さんたちの笑《わら》い声《ごえ》が、どっと起《お》こって、私《わたし》は、なんだか、むかっとなった。お母《かあ》さんは、私《わたし》と二人《ふたり》きりのときはいいけれど、お客《きゃく》が来《き》たときには、へんに私《わたし》から遠《とお》くなって、冷《つめ》たくよそよそしく、私《わたし》はそんな時《とき》に、一《いち》ばんお父《とう》さんが懐《なつ》かしく悲《かな》しくなる。

鏡《かがみ》をのぞくと、私《わたし》の顔《かお》は、おや、と思《おも》うほどいきいきしている。顔《かお》は、他《た》人《にん》だ。私自身《わたしじしん》の悲《かな》しさや苦《くる》しさや、そんな心持《こころも》ちとは、全然関係《ぜんぜんかんけい》なく、別個《べっこ》に自由《じゆう》にいきている。きょうは頬紅《ほおべに》も、つけないのに、こんなに頬《ほお》がぱっと赤《あか》くて、それに、唇《くちびる》も小《ちい》さく赤《あか》く光《ひか》って、かわいい。眼鏡《めがね》をはずして、そっと笑《わら》ってみる。眼《め》が、とってもいい。青《あお》く青《あお》く、澄《す》んでいる。美《うつく》しい夕空《ゆうぞら》を、ながいこと見《み》つめたから、こんなにいい目《め》になったのかしら。しめたものだ。

少《すこ》し浮《う》き浮《う》きして台所《だいどころ》へ行《い》き、お米《こめ》をといでいるうちに、また悲《かな》しくなってしまった。

せんの小金井《こがねい》の家《いえ》が懐《なつ》かしい。胸《むね》が焼《や》けるほど恋《こい》しい。あの、いいお家《うち》には、お父《とう》さんもいらしったし、お姉《ねえ》さんもいた。お母《かあ》さんだって、若《わか》かった。

私《わたし》が学校《がっこう》から帰《かえ》ってくると、お母《かあ》さんと、お姉《ねえ》さんと、何《なに》か面白《おもしろ》そうに台所《だいどころ》か、茶《ちゃ》の間《ま》で話《はなし》をしている。おやつをもらって、ひとしきり二人《ふたり》に甘《あま》えたり、お姉《ねえ》さんに喧嘩《けんか》ふっかけたり、それからきまって叱《しか》られて、外《そと》へ飛《と》び出《だ》して遠《とお》くへ遠《とお》くへ自転車乗《じてんしゃの》り、夕方《ゆうがた》には帰《かえ》ってきて、それから楽《たの》しくご飯《はん》だ。本当《ほんとう》に楽《たの》しかった。自分《じぶん》を見《み》つめたり、不潔《ふけつ》にぎくしゃくすることもなく、ただ、甘《あま》えていればよかったのだ。なんという大《おお》きい特権《とっけん》を私《わたし》は享受《きょうじゅ》していたことだろう。しかも平気《へいき》で。心配《しんぱい》もなく、寂《さび》しさもなく、苦《くる》しみもなかった。お父《とう》さんは、立派《りっぱ》なよいお父《とう》さんだった。お姉《ねえ》さんは、優《やさ》しく、私《わたし》は、いつもお姉《ねえ》さんにぶらさがってばかりいた。

けれども、すこしずつ大《おお》きくなるにつれて、だいいち私《わたし》が自身《じしん》いやらしくなって、私《わたし》の特権《とっけん》はいつの間《ま》にか消失《しょうしつ》して、あかはだか、醜《みにく》い醜《みにく》い。ちっとも、ひとに甘《あま》えることができなくなって、考《かんが》えこんでばかりいて、苦《くる》しいことばかり多《おお》くなった。お姉《ねえ》さんは、お嫁《よめ》にいってしまったし、お父《とう》さんは、もういない。たったお母《かあ》さんと私《わたし》だけになってしまった。お母《かあ》さんもお淋《さび》しいことばかりなのだろう。こないだもお母《かあ》さんは、「もうこれからさきは、生《い》きる楽《たの》しみがなくなってしまった。あなたを見《み》たって、私《わたし》は、ほんとうは、あまり楽《たの》しみを感《かん》じない。ゆるしておくれ。幸福《こうふく》も、お父《とう》さんがいらっしゃらなければ、来《こ》ないほうがよい。」とおっしゃった。

蚊《か》が出《で》てくると、ふとお父《とう》さんを思《おも》い出《だ》し、ほどきものをすると、お父《とう》さんを思《おも》い出《だ》し、爪《つめ》を切《き》るときにもお父《とう》さんを思《おも》い出《だ》し、お茶《ちゃ》がおいしいときにも、きっとお父《とう》さんを思《おも》い出《だ》すそうである。私《わたし》が、どんなにお母《かあ》さんの気持《きも》ちをいたわって、話《はな》し相手《あいて》になってあげても、やっぱりお父《とう》さんとは違《ちが》うのだ。夫婦愛《ふうふあい》というものは、この世《よ》の中《なか》で一《いち》ばん強《つよ》いもので、肉親《にくしん》の愛《あい》よりも、尊《とうと》いものにちがいない。生意気《なまいき》なこと考《かんが》えたので、ひとりで顔《かお》が赤《あか》くなってきて、私《わたし》は、濡《ぬ》れた手《て》で髪《かみ》をかきあげる。しゅっしゅっとお米《こめ》をとぎながら、私《わたし》は、お母《かあ》さんがかわいく、いじらしくなって、大事《だいじ》にしようと、しんから思《おも》う。こんなウエーヴかけた髪《かみ》なんか、さっそく解《と》きほぐしてしまって、そうして髪《かみ》の毛《け》をもっと長《なが》く伸《の》ばそう。お母《かあ》さんは、せんから、私《わたし》の髪《かみ》の短《みじか》いのをいやがっていらしたから、うんと伸《の》ばしてきちんと結《ゆ》って見《み》せたら、よろこぶだろう。

けれども、そんなことまでして、お母《かあ》さんを、いたわるのもいやだな。いやらしい。考《かんが》えてみると、このごろの、私《わたし》のいらいらは、ずいぶんお母《かあ》さんと関係《かんけい》がある。お母《かあ》さんの気持《きも》ちに、ぴったり添《そ》ったいい娘《むすめ》でありたいし、それだからとて、へんにご機嫌《きげん》とるのもいやなのだ。だまっていても、お母《かあ》さん、私《わたし》の気持《きも》ちをちゃんとわかって安心《あんしん》していらしったら、一番《いちばん》いいのだ。私《わたし》は、どんなに、わがままでも、決《けっ》して世間《せけん》の物笑《ものわら》いになるようなことはしないのだし、つらくっても、淋《さび》しくっても、だいじのところは、きちんと守《まも》って、そうしてお母《かあ》さんと、この家《いえ》とを、愛《あい》して愛《あい》して、愛《あい》しているのだから、お母《かあ》さんも、私《わたし》を絶対《ぜったい》に信《しん》じて、ぼんやりのんきにしていらしたら、それでいいのだ。私《わたし》は、きっと立派《りっぱ》にやる。身《み》を粉《こ》にしてつとめる。それがいまの私《わたし》にとっても、一《いち》ばん大《おお》きいよろこびなんだし、生《い》きる道《みち》だと思《おも》っているのに、お母《かあ》さんたら、ちっとも私《わたし》を信頼《しんらい》しないで、まだまだ、子供《こども》あつかいにしている。

私《わたし》が子供《こども》っぽいこと言《い》うと、お母《かあ》さんはよろこんで、こないだも、私《わたし》が、ばからしい、わざとウクレレ*持《も》ち出《だ》して、ポンポンやってはしゃいで見《み》せたら、お母《かあ》さんは、しんから嬉《うれ》しそうにして、

「おや、雨《あめ》かな？　雨《あま》だれの音《おと》が聞《き》こえるね。」と、とぼけて言《い》って、私《わたし》をからかって、私《わたし》が、本気《ほんき》でウクレレなんかに熱中《ねっちゅう》して居《い》るとでも思《おも》っているらしい様子《ようす》なので、私《わたし》は、あさましくて、泣《な》きたくなった。

お母《かあ》さん、私《わたし》は、もう大人《おとな》なのですよ。世《よ》の中《なか》のこと、なんでも、もう知《し》っているのですよ。安心《あんしん》して、私《わたし》になんでも相談《そうだん》してください。うちの経済《けいざい》のことなんかでも、私《わたし》に全部《ぜんぶ》打《う》ち明《あ》けて、こんな状態《じょうたい》だから、おまえもと言《い》ってくださったなら、私《わたし》は決《けっ》して、靴《くつ》なんかねだりはしません。しっかりした、つましい、つましい娘《むすめ》になります。ほんとうに、それは、たしかなのです。それなのに、ああ、それなのに、という歌《うた》があったのを思《おも》い出《だ》して、ひとりでくすくす笑《わら》ってしまった。気《き》がつくと、私《わたし》はぼんやりお鍋《なべ》に両手《りょうて》をつっこんだままで、ばかみたいに、あれこれ考《かんが》えていたのである。

いけない、いけない。お客様《きゃくさま》へ、早《はや》く夕食《ゆうしょく》差《さ》し上《あ》げなければ。さっきの大《おお》きいお魚《さかな》は、

ウクレレ　ギターに似《に》た小型《こがた》の弦楽器《げんがっき》。

どうするのだろう。とにかく三枚《さんまい》におろして、お味噌《みそ》につけておくことにしよう。そうして食《た》べると、きっとおいしい。料理《りょうり》は、すべて、勘《かん》でいかなければいけない。キュウリが少《すこ》し残《のこ》っているから、あれでもって、三杯酢《さんばいず》。それから、私《わたし》の自慢《じまん》の卵焼《たまごや》き。それから、もう一品《いっぴん》。あ、そうだ。ロココ料理《りょうり》にしよう。

これは、私《わたし》の考案《こうあん》したものでございまして。お皿《さら》ひとつひとつに、それぞれ、ハムや卵《たまご》や、パセリや、キャベツ、ほうれんそう、お台所《だいどころ》に残《のこ》ってあるもの一切合切《いっさいがっさい》、いろとりどりに、美《うつく》しく配合《はいごう》させて、手際《てぎわ》よく並《なら》べて出《だ》すのであって、手数《てかず》はいらず、経済《けいざい》だし、ちっとも、おいしくはないけれども、でも食卓《しょくたく》は、ずいぶん賑《にぎ》やかに華麗《かれい》になって、何《なん》だか、たいへん贅沢《ぜいたく》なご馳走《ちそう》のように見《み》えるのだ。卵《たまご》のかげにパセリの青草《あおくさ》、その傍《かたわら》に、ハムの赤《あか》い珊瑚礁《さんごしょう》がちらと顔《かお》を出《だ》していて、キャベツの黄色《きいろ》い葉《は》は、牡丹《ぼたん》の花弁《かべん》のように、鳥《とり》の羽《はね》の扇子《せんす》のようにお皿《さら》に敷《し》かれて、緑《みどり》したたるほうれん草《そう》は、牧場《ぼくじょう》か湖水《こすい》か。こんなお皿《さら》が、二《ふた》つも三《みっ》つも並《なら》べられて食卓《しょくたく》に出《だ》されると、お客様《きゃくさま》はゆくりなく、*ルイ王朝《おうちょう》を思《おも》い出《だ》す。まさか、それほどでもないけれど、どうせ私《わたし》は、おいしいご馳走《ちそう》なんて作《つく》れないのだから、せめて、ていさいだけでも美《うつく》しくして、お客様《きゃくさま》を眩惑《げんわく》させて、ごまかしてしまうのだ。

料理《りょうり》は、見《み》かけが第一《だいいち》である。たいてい、それで、ごまかせます。けれども、このロココ料理《りょうり》には、よほどの絵心《えごころ》が必要《ひつよう》だ。色彩《しきさい》の配合《はいごう》について、人一倍《ひといちばい》、敏感《びんかん》でなければ、失敗《しっぱい》する。せめて私《わたし》くらいの*デリカシイがなければね。ロココという言葉《ことば》を、こないだ

ルイ王朝《おうちょう》 フランスのブルボン王朝《おうちょう》の中《なか》で、最《もっと》も華《はな》やかだったルイ十四世《せい》、十五世《せい》時代《じだい》のことを指《さ》す。

デリカシイ 細《こま》やかで繊細《せんさい》な感《かん》情《じょう》。

辞典《じてん》でしらべてみたら、華麗《かれい》のみにて内容空疎《ないようくうそ》の装飾様式《そうしょくようしき》、と定義《ていぎ》されていたので、笑《わら》っちゃった。名答《めいとう》である。美《うつく》しさに、内容《ないよう》なんてあってたまるものか。純粋《じゅんすい》の美《うつく》しさは、いつも無意味《むいみ》で、無道徳《むどうとく》だ。きまっている。だから、私《わたし》は、ロココが好《す》きだ。

いつもそうだが、私《わたし》はお料理《りょうり》して、あれこれ味《あじ》をみているうちに、なんだかひどい虚《きょ》無《む》にやられる。死《し》にそうに疲《つか》れて、陰鬱《いんうつ》になる。あらゆる努力《どりょく》の飽和状態《ほうわじょうたい》におちいるのである。もう、もう、なんでも、どうでも、よくなってくる。ついには、ええっ！と、やけくそになって、味《あじ》でも体裁《ていさい》でも、めちゃめちゃに、投《な》げとばして、ばたばたやってしまって、じつに不機嫌《ふきげん》な顔《かお》して、お客《きゃく》に差《さ》し出《だ》す。

きょうのお客様《きゃくさま》は、ことにも憂《ゆう》うつ。大森《おおもり》の今井田《いまいだ》さんご夫婦《ふうふ》に、ことし七《なな》つの良夫《よしお》さん。今井田《いまいだ》さんは、もう四十ちかいのに、*好男子《こうだんし》みたいに色《いろ》が白《しろ》くて、いやらしい。なぜ、*敷島《しきしま》なぞを吸《す》うのだろう。*両切《りょうぎ》りの煙草《たばこ》でないと、なんだか、不潔《ふけつ》な感《かん》じがする。煙草《たばこ》は、両切《りょうぎ》りに限《かぎ》る。敷島《しきしま》なぞを吸《す》っていると、そのひとの人格《じんかく》までが、疑《うたが》わしくなるのだ。いちいち天井《てんじょう》を向《む》いて煙《けむり》を吐《は》いて、はあ、はあ、なるほど、なんて言《い》っている。いまは、夜学《やがく》の先生《せんせい》をしているそうだ。奥《おく》さんは、小《ちい》さくて、おどおどして、そして下《げ》品《ひん》だ。つまらないことにでも、顔《かお》を畳《たたみ》にくっつけるようにして、からだをくねらせて、笑《わら》いむせぶのだ。おかしいことなんてあるものか。そうして大《おお》げさに笑《わら》い伏《ふ》すのが、何《なに》か上品《じょうひん》なことだろうと、思《おも》いちがいしているのだ。

いまのこの世《よ》の中《なか》で、こんな階級《かいきゅう》の人《ひと》たちが、一《いち》ばん悪《わる》いのではないかしら。一《いち》ばん

好男子《こうだんし》
好感《こうかん》のもてる男《だん》子《し》。顔《かお》だちの美《うつく》しい男《おとこ》。

敷島《しきしま》
口《くち》付《つ》き紙巻《かみま》き煙草《たばこ》の名前《なまえ》。

両切《りょうぎ》りの煙草《たばこ》
刻《きざ》んだ煙草《たばこ》を紙《かみ》で巻《ま》き、両端《りょうたん》を揃《そろ》えて切断《せつだん》した煙草《たばこ》。

汚《きたな》い。*プチ・ブルというのかしら。小役人《こやくにん》というのかしら。子供《こども》なんかも、へんに小《こ》ましゃくれて、素直《すなお》な元気《げんき》なところが、ちっともない。そう思《おも》っていながらも、私《わたし》はそんな気持《きも》ちを、みんな抑《おさ》えて、お辞儀《じぎ》をしたり、笑《わら》ったり、話《はな》したり、良夫《よしお》さんをかわいいかわいいと言《い》って頭《あたま》をなでてやったり、まるで嘘《うそ》ついて皆《みな》をだましているのだから、今井田《いまいだ》ご夫婦《ふうふ》なんかでも、まだまだ、私《わたし》よりは清純《せいじゅん》かもしれない。

みなさん私《わたし》のロココ料理《りょうり》をたべて、私《わたし》の腕前《うでまえ》をほめてくれて、私《わたし》はわびしいやら、腹《はら》立《だ》たしいやら、泣《な》きたい気持《きも》ちなのだけれど、それでも、努《つと》めて、嬉《うれ》しそうな顔《かお》をしてみせて、やがて私《わたし》も*お相伴《しょうばん》して一緒《いっしょ》にごはんを食《た》べたのであるが、今井田《いまいだ》さんの奥《おく》さんの、しつこい無智《むち》なお世辞《せじ》には、さすがにむかむかして、よし、もう嘘《うそ》は、つくまいときっとなって、

「こんなお料理《りょうり》、ちっともおいしくございません。なんにもないので、私《わたし》の*窮余《きゅうよ》の一策《いっさく》なんですよ。」と、私《わたし》は、ありのまま事実《じじつ》を、言《い》ったつもりなのに、今井田《いまいだ》さんご夫婦《ふうふ》は、窮余《きゅうよ》の一策《いっさく》とは、うまいことをおっしゃる、と手《て》をうたんばかりに笑《わら》い興《きょう》じるのである。私《わたし》は、口惜《くや》しくて、お箸《はし》とお茶碗《ちゃわん》ほうり出《だ》して、大声《おおごえ》あげて泣《な》こうかしらと思《おも》った。じっとこらえて、無理《むり》に、にやにや笑《わら》って見《み》せたら、お母《かあ》さんまでが、

「この子《こ》も、だんだん役《やく》に立《た》つようになりましたよ。」と、お母《かあ》さん、私《わたし》のかなしい気《き》持《も》ち、ちゃんとわかっていらっしゃるくせに、今井田《いまいだ》さんの気持《きも》ちを迎《むか》えるために、そんなくだらないことを言《い》って、ほほと笑《わら》った。

プチ・ブル
フランス語《ご》のプチ・ブルジョアの略《りゃく》で、中流階級《ちゅうりゅうかいきゅう》の人《ひと》。また、その階《かい》層《そう》の人々《ひとびと》を軽蔑《けいべつ》して呼《よ》ぶ語《ご》。

お相伴《しょうばん》
もてなす側《がわ》であるが、自分《じぶん》も飲食《いんしょく》をしながら、客《きゃく》の相手《あいて》をすること。

窮余《きゅうよ》の一策《いっさく》
追《お》いつめられて困《こま》り果《は》てた末《すえ》に思《おも》いついた方策《ほうさく》のこと。

お母《かあ》さん、そんなにまでして、こんな今井田《いまいだ》なんかのご機嫌《きげん》とることは、ないんだ。お客《きゃく》さんと対《たい》しているときのお母《かあ》さんは、お母《かあ》さんじゃない。ただの弱《よわ》い女《おんな》だ。お父《とう》さんが、いなくなったからって、こんなにも卑屈《ひくつ》になるものか。情《なさ》けなくなって、何《なに》も言《い》えなくなっちゃった。

帰《かえ》ってください、帰《かえ》ってください。私《わたし》の父《ちち》は、立派《りっぱ》なお方《かた》だ。やさしくて、そうして人格《じんかく》が高《たか》いんだ。お父《とう》さんがいないからって、そんなに私《わたし》たちをばかにするんだったら、いますぐ帰《かえ》ってください。よっぽど今井田《いまいだ》に、そう言《い》ってやろうと思《おも》った。それでも私《わたし》は、やっぱり弱《よわ》くて、良夫《よしお》さんにハムを切《き》ってあげたり、奥《おく》さんにお漬物《つけもの》とってあげたり奉仕《ほうし》をするのだ。

ごはんがすんでから、私《わたし》はすぐに台所《だいどころ》へひっこんで、あと片《かた》づけをはじめた。早《はや》くひとりになりたかったのだ。何《なに》も、お高《たか》くとまっているのではないけれども、あんな人《ひと》たちとこれ以上《いじょう》、無理《むり》に話《はなし》を合《あ》わせてみたり、一緒《いっしょ》に笑《わら》ってみたりする必要《ひつよう》もないように思《おも》われる。あんな者《もの》にも、礼儀《れいぎ》を、いやいや、*へつらいをいたす必要《ひつよう》なんて絶対《ぜったい》にない。いやだ。もう、これ以上《いじょう》はいやだ。私《わたし》は、つとめられるだけは、つとめたのだ。お母《かあ》さんだって、きょうの私《わたし》のがまんして愛想《あいそ》よくしている態度《たいど》を、嬉《うれ》しそうに見《み》ていたじゃないか。

あれだけでも、よかったんだろうか。強《つよ》く、世間《せけん》のつきあいは、つきあい、自分《じぶん》は自分《じぶん》と、はっきり区別《くべつ》しておいて、ちゃんちゃん気持《きも》ちよく物事《ものごと》に対応《たいおう》して処理《しょり》していく

へつらい
相手《あいて》の機嫌《きげん》をとったりして、気《き》に入《はい》られようと振《ふ》る舞《ま》うこと。

ほうがいいのか、または、人《ひと》に悪《わる》く言《い》われても、いつでも自分《じぶん》を失《うしな》わず、*韜晦《とうかい》しないでいくほうがいいのか、どっちがいいのか、わからない。一生《いっしょう》、自分《じぶん》と同《おな》じくらい弱《よわ》いやさしい温《あたた》かい人《ひと》たちの中《なか》でだけ生活《せいかつ》していける身分《みぶん》の人《ひと》は、うらやましい。苦労《くろう》なんて、苦労《くろう》せずに一生《いっしょう》すませるんだったら、わざわざ求《もと》めて苦労《くろう》する必要《ひつよう》なんてないんだ。そのほうが、いいんだ。

自分《じぶん》の気持《きも》ちを殺《ころ》して、人《ひと》につとめることは、きっといいことに違《ちが》いないんだけれど、これからさき、毎日《まいにち》、今井田《いまいだ》ご夫婦《ふうふ》みたいな人《ひと》たちに無理《むり》に笑《わら》いかけたり、相《あい》づちうたなければならないのだったら、私《わたし》は、*気《き》ちがいになるかもしれない。自分《じぶん》なんて、とても監獄《かんごく》に入《はい》れないな、とおかしいことを、ふと思《おも》う。監獄《かんごく》どころか、女中《じょちゅう》さんにもなれない。奥《おく》さんにもなれない。

いや、奥《おく》さんの場合《ばあい》は、ちがうんだ。この人《ひと》のために一生《いっしょう》つくすのだ、とちゃんと覚《かく》悟《ご》がきまったら、どんなに苦《くる》しくとも、真《ま》っ黒《くろ》になって働《はたら》いて、そうして充分《じゅうぶん》に生《い》きがいがあるのだから、希望《きぼう》があるのだから、私《わたし》だって、立派《りっぱ》にやれる。あたりまえのことだ。朝《あさ》から晩《ばん》まで、くるくるコマ鼠《ねずみ》のように働《はたら》いてあげる。じゃんじゃんお洗濯《せんたく》をする。たくさんよごれものがたまった時《とき》ほど、不愉快《ふゆかい》なことがない。いらいらして、ヒステリイになったみたいに落《お》ちつかない。死《し》んでも死《し》にきれない思《おも》いがする。よごれものを、全部《ぜんぶ》、一《ひと》つものこさず洗《あら》ってしまって、物干《ものほ》しざおにかけるときは、私《わたし》は、もうこれで、いつ死《し》んでもいいと思《おも》うのである。

韜晦《とうかい》 本心《ほんしん》や才能《さいのう》、地位《ちい》などを包《つつ》み隠《かく》すこと。

気《き》ちがい 気《き》が狂《くる》うこと。今《いま》は使《つか》わない言葉《ことば》。

今井田《いまいだ》さん、おかえりになる。何《なに》やら用事《ようじ》があるとかで、お母《かあ》さんを連《つ》れて出掛《でか》けてしまう。はいはいついていくお母《かあ》さんもお母《かあ》さんだし、今井田《いまいだ》が何《なに》かとお母《かあ》さんを利用《りよう》するのは、こんどだけではないけれど、今井田《いまいだ》ご夫婦《ふうふ》のあつかましさが、いやでいやで、ぶんなぐりたい気持《きも》ちがする。門《もん》のところまで、皆《みな》さんをお送《おく》りして、ひとりぼんやり夕闇《ゆうやみ》の路《みち》を眺《なが》めていたら、泣《な》いてみたくなってしまう。

郵便《ゆうびん》ばこには、夕刊《ゆうかん》と、お手紙《てがみ》二通《につう》。一通《いっつう》はお母《かあ》さんへ、松坂屋《まつざかや》から夏物売出《なつものうりだ》しのご案内《あんない》。一通《いっつう》は、私《わたし》へ、いとこの順二《じゅんじ》さんから。こんど前橋《まえばし》の連隊《れんたい》へ転任《てんにん》することになりました。お母《かあ》さんによろしく、と簡単《かんたん》な通知《つうち》である。

将校《しょうこう》さんだって、そんなに素晴《すば》らしい生活内容《せいかつないよう》などは、期待《きたい》できないけれど、でも、毎日毎日《まいにちまいにち》、*厳酷《げんこく》に無駄《むだ》なく*起居《ききょ》するその規律《きりつ》がうらやましい。いつも身《み》が、ちゃんちゃんと決《き》まっているのだから、気持《きも》ちの上《うえ》から楽《らく》なことだろうと思《おも》う。私《わたし》みたいに、何《なに》もしたくなければ、いっそ何《なに》もしなくてすむのだし、どんな悪《わる》いことでもできる状態《じょうたい》に置《お》かれているのだし、また、勉強《べんきょう》しようと思《おも》えば、無限《むげん》といっていいくらいに勉強《べんきょう》の時間《じかん》があるのだし、欲《よく》を言《い》ったら、よほどの望《のぞ》みでもかなえてもらえるような気《き》がするし、ここからここまでという努力《どりょく》の限界《げんかい》を与《あた》えられたら、どんなに気持《きも》ちが助《たす》かるかわからない。うんと固《かた》くしばってくれると、かえってありがたいのだ。

戦地《せんち》で働《はたら》いている兵隊《へいたい》さんたちの欲望《よくぼう》は、たったひとつ、それはぐっすり眠《ねむ》りたい欲《よく》望《ぼう》だけだ、と何《なに》かの本《ほん》に書《か》かれてあったけれど、その兵隊《へいたい》さんの苦労《くろう》をお気《き》の毒《どく》に思《おも》う

厳酷《げんこく》
思《おも》いやりに欠《か》け、非常《ひじょう》に厳《きび》しいこと。また、そのさま。

起居《ききょ》
日常《にちじょう》の生活《せいかつ》。ふだんの様子《ようす》。

半面《はんめん》、私《わたし》は、ずいぶんうらやましく思《おも》った。いやらしい、*煩瑣《はんさ》な堂々《どうどう》めぐりの、根《ね》も葉《は》もない思案《しあん》の洪水《こうずい》から、きれいに別《わか》れて、ただ眠《ねむ》りたい眠《ねむ》りたいと渇望《かつぼう》している状態《じょうたい》は、じつに清潔《せいけつ》で、単純《たんじゅん》で、思《おも》うさえ爽快《そうかい》を覚《おぼ》えるのだ。私《わたし》など、これはいちど、軍隊生活《ぐんたいせいかつ》でもして、さんざ鍛《きた》われたら、少《すこ》しは、はっきりした美《うつく》しい娘《むすめ》になれるかもしれない。軍隊生活《ぐんたいせいかつ》しなくても、新《しん》ちゃんみたいに、素直《すなお》な人《ひと》だってあるのに、私《わたし》は、よくよく、いけない女《おんな》だ。わるい子《こ》だ。

新《しん》ちゃんは、順二《じゅんじ》さんの弟《おとうと》で、私《わたし》とは同《おな》じとしなんだけれど、どうしてあんなに、いい子《こ》なんだろう。私《わたし》は、親類中《しんるいじゅう》で、いや、世界中《せかいじゅう》で、一《いち》ばん新《しん》ちゃんを好《す》きだ。新《しん》ちゃん、目《め》が見《み》えないんだ。わかいのに、失明《しつめい》するなんて、なんということだろう。こんな静《しず》かな晩《ばん》は、お部屋《へや》におひとりでいらして、どんな気持《きも》ちだろう。私《わたし》たちなら、侘《わ》びしくても、本《ほん》を読《よ》んだり、景色《けしき》を眺《なが》めたりして、幾分《いくぶん》それをまぎらかすことができるけれど、新《しん》ちゃんには、それができないんだ。ただ、黙《だま》っているだけなんだ。これまで人一《ひといち》倍《ばい》、がんばって勉強《べんきょう》して、それからテニスも、水泳《すいえい》もお上手《じょうず》だったのだもの、いまの寂《さび》しさ、苦《くる》しさはどんなだろう。

ゆうべも新《しん》ちゃんのことを思《おも》って、床《とこ》にはいってから五分間《ごふんかん》、目《め》をつぶってみた。床《とこ》にはいって目《め》をつぶっているのでさえ、五分間《ごふんかん》は長《なが》く、胸苦《むなぐる》しく感《かん》じられるのに、新《しん》ちゃんは、朝《あさ》も昼《ひる》も夜《よる》も、幾日《いくにち》も幾月《いくつき》も、何《なに》も見《み》ていないのだ。不平《ふへい》を言《い》ったり、*癇癪《かんしゃく》を起《おこ》したり、わがまま言《い》ったりしてくだされば、私《わたし》もうれしいのだけれど、新《しん》ちゃんは、

煩瑣《はんさ》 細々《ほそぼそ》として煩《わずら》わしいこと。

癇癪《かんしゃく》 小《ちい》さなことにも感《かん》情《じょう》をおさえきれず怒《おこ》りやすい性質《せいしつ》。

何《なに》も言《い》わない。新《しん》ちゃんが不平《ふへい》や人《ひと》の悪口《わるぐち》言《い》ったのを聞《き》いたことがない。その上《うえ》いつも明《あか》るい言葉《ことば》づかい、無心《むしん》の顔《かお》つきをしているのだ。それがなおさら、私《わたし》の胸《むね》に、ピンときてしまう。

あれこれ考《かんが》えながらお座敷《ざしき》を掃《は》いて、それから、お風呂《ふろ》をわかす。お風呂番《ふろばん》をしながら、蜜柑箱《みかんばこ》に腰《こし》かけ、ちろちろ燃《も》える石炭《せきたん》の灯《あかり》をたよりに学校《がっこう》の宿題《しゅくだい》を全部《ぜんぶ》すましてしまう。それでも、まだお風呂《ふろ》がわかないので、*濹東綺譚《ぼくとうきたん》を読《よ》み返《かえ》してみる。

書《か》かれてある事実《じじつ》は、決《けっ》していやな、汚《きたな》いものではないのだ。けれども、ところどころ作者《さくしゃ》の気取《きど》りが目《め》について、それがなんだか、やっぱり古《ふる》い、たよりなさを感《かん》じさせるのだ。お年寄《としよ》りのせいであろうか。でも、外国《がいこく》の作家《さっか》は、いくらとしとっても、もっと大胆《だいたん》に甘《あま》く、対象《たいしょう》を愛《あい》している。そうして、かえっていや味《み》がない。けれども、この作品《さくひん》は、日本《にっぽん》では、いいほうの部類《ぶるい》なのではあるまいか。わりに嘘《うそ》のない、静《しず》かな諦《あきら》めが、作品《さくひん》の底《そこ》に感《かん》じられてすがすがしい。この作者《さくしゃ》のものの中《なか》でも、これが一《いち》ばん枯《か》れていて、私《わたし》は好《す》きだ。この作者《さくしゃ》は、とっても責任感《せきにんかん》の強《つよ》い人《ひと》のような気《き》がする。日本《にっぽん》の道徳《どうとく》に、とてもとても、こだわっているので、かえって反撥《はんぱつ》して、へんにどぎつくなっている作品《さくひん》が多《おお》かったような気《き》がする。愛情《あいじょう》の深《ふか》すぎる人《ひと》に有《あ》りがちな*偽悪趣味《ぎあくしゅみ》。わざと、あくどい鬼《おに》の面《めん》をかぶって、それでかえって作品《さくひん》を弱《よわ》くしている。けれども、この濹東綺譚《ぼくとうきたん》には、寂《さび》しさのある動《うご》かない強《つよ》さがある。私《わたし》は、好《す》きだ。

お風呂《ふろ》がわいた。お風呂場《ふろば》に電灯《でんとう》をつけて、着物《きもの》を脱《ぬ》ぎ、窓《まど》をいっぱいに開《あ》け放《はな》して

濹東綺譚《ぼくとうきたん》
永井荷風《ながいかふう》の小説《しょうせつ》の題名《だいめい》。

偽悪趣味《ぎあくしゅみ》
わざと自分《じぶん》を悪《わる》く見《み》せる趣味《しゅみ》。

から、ひっそりお風呂《ふろ》にひたる。*珊瑚樹《さんごじゅ》の青《あお》い葉《は》が窓《まど》からのぞいていて、一枚一枚《いちまいいちまい》の葉《は》が、電灯《でんとう》の光《ひかり》を受《う》けて、強《つよ》く輝《かがや》いている。空《そら》には星《ほし》がキラキラ。なんど見直《みなお》しても、キラキラ。

仰向《あおむ》いたまま、うっとりしていると、自分《じぶん》のからだのほの白《じろ》さが、わざと見《み》ないのだが、それでも、ぼんやり感《かん》じられ、視野《しや》のどこかに、ちゃんとはいっている。なお、黙《だま》っていると、小《ちい》さい時《とき》の白《しろ》さと違《ちが》うように思《おも》われてくる。いたたまらない。肉体《にくたい》が、自分《じぶん》の気持《きも》ちと関係《かんけい》なく、ひとりでに成長《せいちょう》していくのが、たまらなく、困惑《こんわく》する。めきめきと、おとなになってしまう自分《じぶん》を、どうすることもできなく、悲《かな》しい。なりゆきにまかせて、じっとして、自分《じぶん》の大人《おとな》になっていくのを見《み》ているより仕方《しかた》がないのだろうか。いつまでも、お人形《にんぎょう》みたいなからだでいたい。お湯《ゆ》をじゃぶじゃぶかきまわして、子供《こども》のふりをしてみても、なんとなく気《き》が重《おも》い。これからさき、生《い》きてゆく理由《りゆう》がないような気《き》がしてきて、苦《くる》しくなる。

庭《にわ》の向《む》こうの原《はら》っぱで、おねえちゃん！　と、半分泣《はんぶんな》きかけて呼《よ》ぶよその子供《こども》の声《こえ》に、はっと胸《むね》を突《つ》かれた。私《わたし》を呼《よ》んでいるのではないけれども、いまのあの子《こ》に泣《な》きながら慕《した》われているその「おねえちゃん」を羨《うらやま》しく思《おも》うのだ。私《わたし》にだって、あんなに泣《な》きに慕《した》って甘《あま》えてくれる弟《おとうと》が、ひとりでもあったなら、私《わたし》は、こんなに一日一日《いちにちいちにち》、みっともなく、まごついて生《い》きてはいない。生《い》きることに、ずいぶん張《は》り合《あ》いも出《で》てくるだろうし、一生《いっしょう》涯《がい》を弟《おとうと》に捧《ささ》げて、つくそうという覚悟《かくご》だって、できるのだ。ほんとうに、どんなつらい

珊瑚樹《さんごじゅ》 すいかずら科《か》の常緑高木《じょうりょくこうぼく》。

ことでも、堪《た》えてみせる。ひとり力《りき》んで、それから、つくづく自分《じぶん》をかわいそうに思《おも》った。

風呂《ふろ》からあがって、なんだか今夜《こんや》は、星《ほし》が気《き》にかかって、庭《にわ》に出《で》てみる。星《ほし》が、降《ふ》るようだ。ああ、もう夏《なつ》が近《ちか》い。蛙《かえる》があちこちで鳴《な》いている。麦《むぎ》が、ざわざわいっている。何回《なんかい》、振《ふ》り仰《あお》いでみても、星《ほし》がたくさん光《ひか》っている。

去年《きょねん》のこと、いや去年《きょねん》じゃない、もう、おととしになってしまった。私《わたし》が散歩《さんぽ》に行《い》きたいと無理《むり》言《い》っていると、お父《とう》さん、病気《びょうき》だったのに、一緒《いっしょ》に散歩《さんぽ》に出《で》てくださった。いつも若《わか》かったお父《とう》さん、ドイツ語《ご》の「おまえ百《ひゃく》まで、わしゃ九十九まで。」という意《い》味《み》とやらの小唄《こうた》を教《おし》えてくださったり、星《ほし》のお話《はなし》をしたり、即興《そっきょう》の詩《し》を作《つく》ってみせたり、ステッキついて、唾《つば》をピュッピュッ出《だ》し出《だ》し、あのパチクリをやりながら一緒《いっしょ》に歩《ある》いてくださった、よいお父《とう》さん。黙《だま》って星《ほし》を仰《あお》いでいると、お父《とう》さんのこと、はっきり思《おも》い出《だ》す。あれから、一年《いちねん》、二年《にねん》経《た》って、私《わたし》は、だんだんいけない娘《むすめ》になってしまった。ひとりきりの秘密《ひみつ》を、たくさんたくさん持《も》つようになりました。

お部屋《へや》へ戻《もど》って、机《つくえ》のまえに坐《すわ》って頬杖《ほおづえ》つきながら、机《つくえ》の上《うえ》の百合《ゆり》の花《はな》を眺《なが》める。いいにおいがする。百合《ゆり》のにおいをかいでいると、こうしてひとりで退屈《たいくつ》していても、決《けっ》してきたない気持《きも》ちが起《お》きない。この百合《ゆり》は、きのうの夕方《ゆうがた》、駅《えき》のほうまで散歩《さんぽ》していって、そのかえりに花屋《はなや》さんから一本買《いっぽんか》ってきたのだけれど、それからは、この私《わたし》の部屋《へや》は、まるっきり違《ちが》った部屋《へや》みたいにすがすがしく、襖《ふすま》をするするとあけると、もう百合《ゆり》のにおいが、すっと感《かん》じられて、どんなに助《たす》かるかわからない。こうして、じっと見《み》ていると、ほんとうに*ソロモンの栄華以上《えいがいじょう》だと、実感《じっかん》として、肉体感覚《にくたいかんかく》として、*首肯《しゅこう》される。

ふと、去年《きょねん》の夏《なつ》の山形《やまがた》を思《おも》い出《だ》す。山《やま》に行《い》ったとき、崖《がけ》の中腹《ちゅうふく》に、あんまりたくさん、百合《ゆり》が咲《さ》き乱《みだ》れていたので驚《おどろ》いて、夢中《むちゅう》になってしまった。でも、その急《きゅう》な崖《がけ》には、とてもよじ登《のぼ》ってゆくことができないのが、わかっていたから、どんなに魅《ひ》かれても、ただ、見《み》ているより仕方《しかた》がなかった。そのとき、ちょうど近《ちか》くに居合《いあ》わせた見知《みし》らぬ*坑夫《こうふ》が、黙《だま》ってどんどん崖《がけ》によじ登《のぼ》っていって、そしてまたたくうちに、いっぱい、両手《りょうて》で抱《かか》え切《き》れないほど、百合《ゆり》の花《はな》を折《お》ってきてくれた。そうして、少《すこ》しも笑《わら》わずに、それをみんな私《わたし》に持《も》たせた。それこそ、いっぱい、いっぱいだった。

どんな豪勢《ごうせい》なステージでも、結婚式場《けっこんしきじょう》でも、こんなにたくさんの花《はな》をもらった人《ひと》はないだろう。花《はな》でめまいがするって、そのとき初《はじ》めて味《あじ》わった。その真《ま》っ白《しろ》い大《おお》きい大《おお》き

ソロモンの栄華《えいが》以上《いじょう》
新約聖書《しんやくせいしょ》マタイ伝《でん》第六章《だいしょう》に『栄華《えいが》を極《きわ》めたときのソロモン（紀元前《きげんぜん》十世紀《せいき》のイスラエルの王《おう》）でさえ、この花《はな》の一《ひと》つほどにも着飾《きかざ》ってはいなかった』とあることから、自然《しぜん》の花《はな》は何《なに》よりも美《うつく》しいということ。

首肯《しゅこう》
納得《なっとく》し、認《みと》めること。

坑夫《こうふ》
炭坑《たんこう》や鉱山《こうざん》で採掘《さいくつ》作業《さぎょう》をする労働者《ろうどうしゃ》。今《いま》は使《つか》わない言葉《ことば》。

い花束《はなたば》を両腕《りょううで》をひろげてやっとこさ抱《かか》えると、前《まえ》が全然《ぜんぜん》見《み》えなかった。親切《しんせつ》だった、ほんとうに感心《かんしん》な若《わか》いまじめな坑夫《こうふ》は、いまどうしているかしら。花《はな》を、危《あぶ》ない所《ところ》に行《い》って取《と》ってきてくれた、ただ、それだけなのだけれど、百合《ゆり》を見《み》るときには、きっと坑夫《こうふ》を思《おも》い出《だ》す。

机《つくえ》の引《ひ》き出《だ》しをあけて、かきまわしていたら、去年《きょねん》の夏《なつ》の扇子《せんす》が出《で》て来《き》た。白《しろ》い紙《かみ》に、元禄時代《げんろくじだい》の女《おんな》のひとが行儀《ぎょうぎ》わるく坐《すわ》り崩《くず》れて、その傍《かたわら》に、青《あお》いほおずきが二《ふた》つ書《か》き添《そ》えられてある。この扇子《せんす》から、去年《きょねん》の夏《なつ》が、ふうと煙《けむり》みたいに立《た》ちのぼる。山形《やまがた》の生活《せいかつ》、汽車《きしゃ》の中《なか》、浴衣《ゆかた》、西瓜《すいか》、川《かわ》、蟬《せみ》、風鈴《ふうりん》。急《きゅう》に、これを持《も》って汽車《きしゃ》に乗《の》りたくなってしまう。扇子《せんす》をひらく感《かん》じって、よいもの。ぱらぱら骨《ほね》がほどけていって、急《きゅう》にふわっと軽《かる》くなる。クルクルもてあそんでいたら、お母《かあ》さん帰《かえ》っていらした。ご機嫌《きげん》がよい。

「ああ、疲《つか》れた、疲《つか》れた。」といいながら、そんなに不愉快《ふゆかい》そうな顔《かお》もしていない。ひとの用事《ようじ》をしてあげるのがお好《す》きなのだから仕方《しかた》がない。

「なにしろ、話《はなし》がややこしくて。」など言《い》いながら着物《きもの》を着換《きか》えお風呂《ふろ》へはいる。

お風呂《ふろ》から上《あ》がって、私《わたし》と二人《ふたり》でお茶《ちゃ》を飲《の》みながら、へんにニコニコ笑《わら》って、お母《かあ》さん何《なに》を言《い》い出《だ》すかと思《おも》ったら、

「あなたは、こないだから『裸足《はだし》の少女《しょうじょ》』を見《み》たい見《み》たいと言《い》ってたでしょう？　そんなに行《い》きたいなら、行《い》ってもよござんす。そのかわり、今晩《こんばん》は、ちょっとお母《かあ》さんの肩《かた》をもんでください。働《はたら》いて行《い》くのなら、なおさら楽《たの》しいでしょう？」

もう私《わたし》は嬉《うれ》しくてたまらない。「裸足の少女《はだしのしょうじょ》」という映画《えいが》も見《み》たいとは思《おも》っていたのだが、このごろ私《わたし》は遊《あそ》んでばかりいたので、遠慮《えんりょ》していたのだ。それをお母《かあ》さん、ちゃんと察《さっ》して、私《わたし》に用事《ようじ》を言《い》いつけて、私《わたし》に＊大手《おおで》をふって映画見《えいがみ》にゆけるように、しむけてくださった。ほんとうに、うれしく、お母《かあ》さんが好《す》きで、自然《しぜん》に笑《わら》ってしまった。

お母《かあ》さんと、こうして夜《よる》ふたりきりで暮《く》らすのも、ずいぶん久《ひさ》しぶりだったような気《き》がする。お母《かあ》さん、とても交際《こうさい》が多《おお》いのだから。お母《かあ》さんだって、いろいろ世間《せけん》から馬鹿《ばか》にされまいと思《おも》って努《つと》めておられるのだろう。こうして肩《かた》をもんでいると、お母《かあ》さんのお疲《つか》れが、私《わたし》のからだに伝《つた》わってくるほど、よくわかる。大事《だいじ》にしよう、と思《おも》う。先刻《せんこく》、今井田《いまいだ》が来《き》ていたときに、お母《かあ》さんを、こっそり恨《うら》んだことを、恥《は》ずかしく思《おも》う。ごめんなさい、と口《くち》の中《なか》で小《ちい》さく言《い》ってみる。私《わたし》は、いつも自分《じぶん》のことだけを考《かんが》え、思《おも》って、お母《かあ》さんには、やはり、しん底《そこ》から甘《あま》えて乱暴《らんぼう》な態度《たいど》をとっている。お母《かあ》さんは、その都度《つど》、どんなに痛《いた》い苦《くる》しい思《おも》いをするか、そんなものは、てんで、はねつけている自分《じぶん》だ。

お父《とう》さんがいなくなってからは、お母《かあ》さんは、ほんとうにお弱《よわ》くなっているのだ。私《わたし》自身《じしん》、苦《くる》しいの、やりきれないのと言《い》ってお母《かあ》さんに完全《かんぜん》にぶらさがっているくせに、お母《かあ》さんが少《すこ》しでも私《わたし》に寄《よ》りかかったりすると、いやらしく、薄汚《うすぎたな》いものを見《み》たような気持《きも》ちがするのは、本当《ほんとう》に、わがまますぎる。お母《かあ》さんだって、私《わたし》だって、やっぱり同《おな》じ弱《よわ》い女《おんな》なのだ。これからは、お母《かあ》さんと二人《ふたり》だけの生活《せいかつ》に満足《まんぞく》し、いつもお母《かあ》さんの

＊大手《おおで》をふって　遠慮《えんりょ》せずに堂々《どうどう》と振《ふ》る舞《ま》うさま。

気持《きも》ちになってあげて、昔《むかし》の話《はなし》をしたり、お父《とう》さんの話《はなし》をしたり、一日《いちにち》でもよい、お母《かあ》さん中心《ちゅうしん》の日《ひ》を作《つく》れるようにしたい。そうして、立派《りっぱ》に生《い》きがいを感《かん》じたい。

お母《かあ》さんのことを、心《こころ》では、心配《しんぱい》したり、よい娘《むすめ》になろうと思《おも》うのだけれど、行動《こうどう》や、言葉《ことば》に出《で》る私《わたし》は、わがままな子供《こども》ばっかりだ。それに、このごろの私《わたし》は、子供《こども》みたいに、きれいなところさえない。汚《よご》れて、恥《は》ずかしいことばかりだ。苦《くる》しみがあるの、悩《なや》んでいるの、寂《さみ》しいの、悲《かな》しいのって、それはいったい、なんのことだ。はっきり言《い》ったら、死《し》ぬる。ちゃんと知《し》っていながら、一《ひと》ことだって、それに似《に》た名詞《めいし》ひとつ形容詞《けいようし》ひとつ言《い》い出《だ》せないじゃないか。ただ、どぎまぎして、おしまいには、かっとなって、まるでなにかみたいだ。

むかしの女《おんな》は、奴隷《どれい》とか、自己《じこ》を無視《むし》している虫《むし》けらとか、人形《にんぎょう》とか、悪口《わるぐち》言《い》われているけれど、いまの私《わたし》なんかよりは、ずっとずっと、いい意味《いみ》の女《おんな》らしさがあって、心《こころ》の余裕《よゆう》もあったし、忍従《にんじゅう》を爽《さわ》やかにさばいていけるだけの*叡智《えいち》もあったし、純粋《じゅんすい》の自己《じこ》犠牲《ぎせい》の美《うつく》しさも知《し》っていたし、完全《かんぜん》に無報酬《むほうしゅう》の、奉仕《ほうし》のよろこびもわきまえていたのだ。

「ああ、いい*アンマさんだ。天才《てんさい》ですね。」

お母《かあ》さんは、れいによって私《わたし》をからかう。

「そうでしょう？　心《こころ》がこもっていますからね。でも、あたしのとりえは、アンマ上下《かみしも》、それだけじゃないんですよ。それだけじゃ、心細《こころぼそ》いわねえ。もっと、いいとこもあるんです。」

叡智《えいち》　すぐれた知恵《ちえ》。

アンマ　からだをもんだり、さすったりして患部《かんぶ》を治療《ちりょう》する人《ひと》。今《いま》は使《つか》わない言葉《ことば》。

素直《すなお》に思《おも》っていることを、そのまま言《い》ってみたら、それは私《わたし》の耳《みみ》にも、とっても爽《さわ》やかに響《ひび》いて、この二《に》、三年《さんねん》、私《わたし》が、こんなに、無邪気《むじゃき》に、ものをはきはき言《い》えたことは、なかった。自分《じぶん》のぶんを、はっきり知《し》ってあきらめたときに、はじめて、平静《へいせい》な新《あたら》しい自分《じぶん》が生《う》まれてくるのかもしれない、と嬉《うれ》しく思《おも》った。

今夜《こんや》はお母《かあ》さんに、いろいろの意味《いみ》でお礼《れい》もあって、アンマがすんでから、オマケとして、*クオレを少《すこ》し読《よ》んであげる。お母《かあ》さんは、私《わたし》がこんな本《ほん》を読《よ》んでいるのを知《し》ると、やっぱり安心《あんしん》なような顔《かお》をなさるが、先日私《せんじつわたし》が、*ケッセルの昼顔《ひるがお》を読《よ》んでいたら、そっと私《わたし》から本《ほん》を取《と》りあげて、表紙《ひょうし》をちらっと見《み》て、とても暗《くら》い顔《かお》をなさって、けれども何《なに》も言《い》わずに黙《だま》って、そのまますぐに本《ほん》をかえしてくださったけれど、私《わたし》もなんだか、いやになって続《つづ》けて読《よ》む気《き》がしなくなった。お母《かあ》さん、昼顔《ひるがお》を読《よ》んだことがないはずなのに、それでも勘《かん》で、わかるらしいのだ。

夜《よる》、静《しず》かな中《なか》で、ひとりで声《こえ》たててクオレを読《よ》んでいると、自分《じぶん》の声《こえ》がとても大《おお》きくまぬけてひびいて、読《よ》みながら、ときどき、くだらなくなって、お母《かあ》さんに恥《は》ずかしくなってしまう。あたりが、あんまり静《しず》かなので、ばかばかしさが目立《めだ》つ。クオレは、いつ読《よ》んでも、小《ちい》さい時《とき》に読《よ》んで受《う》けた感激《かんげき》とちっとも変《かわ》らぬ感激《かんげき》を受《う》けて、自分《じぶん》の心《こころ》も、素直《すなお》に、きれいになるような気《き》がして、やっぱりいいなと思《おも》うのであるが、どうも、声《こえ》を出《だ》して読《よ》むのと、目《め》で読《よ》むのとでは、ずいぶん感《かん》じがちがうので、驚《おどろ》き、*閉口《へいこう》の形《かたち》である。でも、お母《かあ》さんは、エンリコのところや、ガロオンのところでは、うつむいて泣《な》

クオレ
イタリアの小説家《しょうせつか》、デ・アミーチスの児童小説《じどうしょうせつ》。十二歳《さい》の少年《しょうねん》エンリコの学校生活《がっこうせいかつ》を綴《つづ》ったもの。日本語《にほんご》の題名《だいめい》は『愛《あい》の学校《がっこう》』。

ケッセル
フランスの小説家《しょうせつか》。

閉口《へいこう》
手《て》に負《お》えず困《こま》ること。また、そのさま。

いておられた。うちのお母《かあ》さんも、エンリコのお母《かあ》さんのように立派《りっぱ》な美《うつく》しいお母《かあ》さんである。

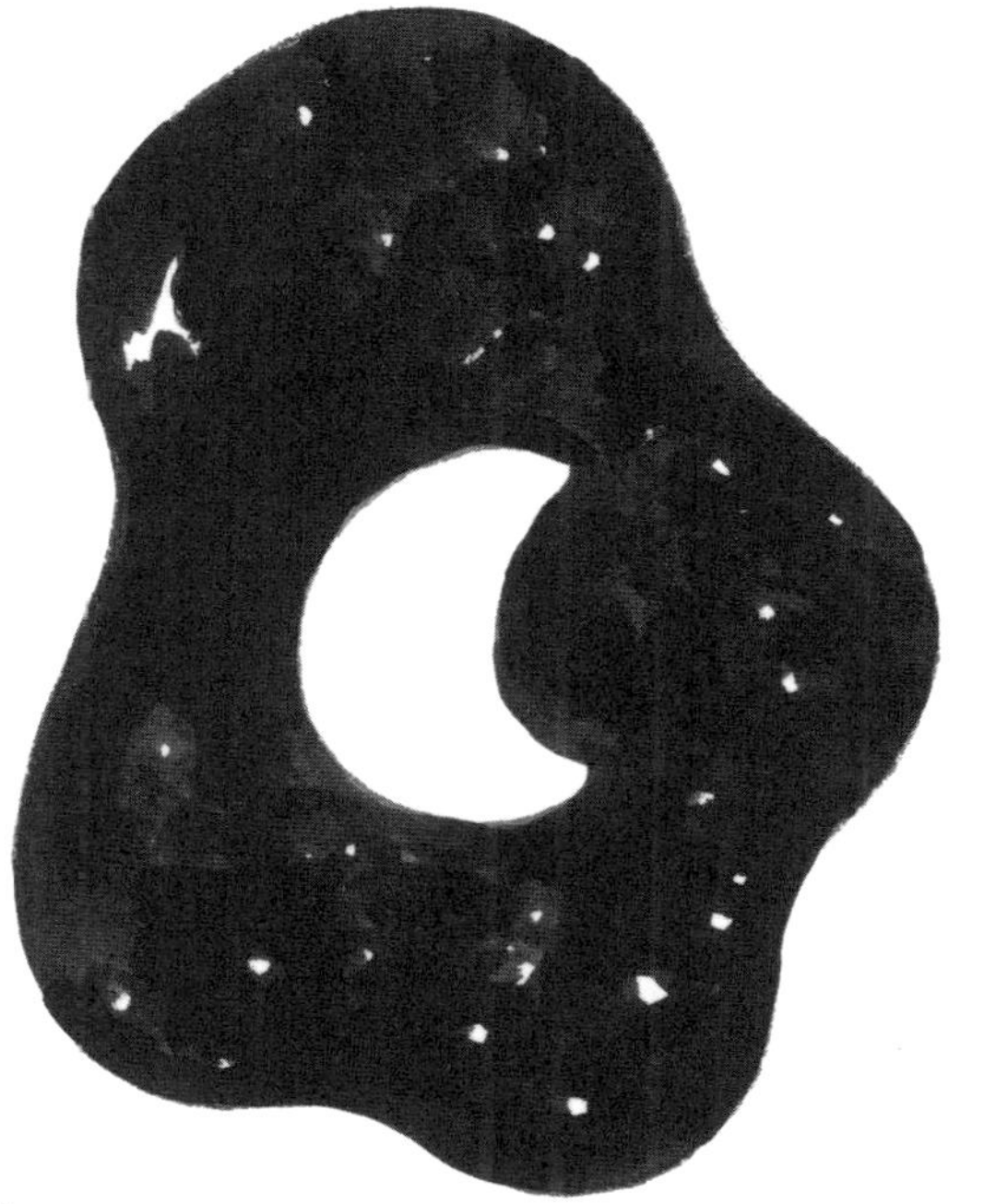

お母《かあ》さんは、さきにおやすみ。けさ早《はや》くからお出掛《でか》けだったゆえ、ずいぶん疲《つか》れたことと思《おも》う。お蒲団《ふとん》を直《なお》してあげて、

お蒲団《ふとん》の裾《すそ》のところをハタハタ叩《たた》いてあげる。お母《かあ》さんは、いつでも、お床《とこ》へはいるとすぐ眼《め》をつぶる。

私《わたし》は、それから風呂《ふろ》場《ば》でお洗濯《せんたく》。このごろ、へんな癖《くせ》で、十二時《じ》ちかくなってお洗濯《せんたく》をはじめる。昼間《ひるま》じゃぶじゃぶやって時間《じかん》をつぶすの、惜《お》しいような気《き》がするのだけれど、反対《はんたい》かもしれない。

窓《まど》からお月様《つきさま》が見《み》える。しゃがんで、しゃっしゃっと洗《あら》いながら、お月様《つきさま》に、そっと笑《わら》いかけてみる。お月様《つきさま》は、知《し》らぬ顔《かお》をしていた。ふと、この同《おな》じ瞬間《しゅんかん》、どこかのかわ

いそうな寂《さみ》しい娘《むすめ》が、同《おな》じようにこうしてお洗濯《せんたく》しながら、このお月様《つきさま》に、そっと笑《わら》いかけた、たしかに笑《わら》いかけた、と信《しん》じてしまって、それは、遠《とお》い田舎《いなか》の山《やま》の頂上《ちょうじょう》の一軒《いっけん》家《や》、深夜《しんや》だまって*背戸《せど》でお洗濯《せんたく》している、苦《くる》しい娘《むすめ》さんが、いま、いるのだ、それから、パリイの裏町《うらまち》の汚《きたな》いアパアトの廊下《ろうか》で、やはり私《わたし》と同《おな》じとしの娘《むすめ》さんが、ひとりでこっそりお洗濯《せんたく》して、このお月様《つきさま》に笑《わら》いかけた、とちっとも疑《うたが》うところなく、望遠鏡《ぼうえんきょう》でほんとに見《み》とどけてしまったように、色彩《しきさい》も鮮明《せんめい》にくっきり思《おも》い浮《う》かぶのである。

私《わたし》たちみんなの苦《くる》しみを、ほんとに誰《だれ》も知《し》らないのだもの。いまに大人《おとな》になってしまえば、私《わたし》たちの苦《くる》しさわびしさは、おかしなものだった、となんでもなく*追憶《ついおく》できるようになるかもしれないのだけれど、けれども、その大人《おとな》になりきるまでの、この長《なが》いいやな期間《きかん》を、どうして暮《く》らしていったらいいのだろう。誰《だれ》も教《おし》えてくれないのだ。ほっておくよりしようのない、ハシカみたいな病気《びょうき》なのかしら。でも、ハシカで死《し》ぬ人《ひと》もあるし、ハシカで目《め》のつぶれる人《ひと》だってあるのだ。放《ほう》っておくのは、いけないことだ。

私《わたし》たち、こんなに毎日《まいにち》、鬱々《うつうつ》したり、かっとなったり、そのうちには、踏《ふ》みはずし、うんと堕落《だらく》して取《と》りかえしのつかないからだになってしまって一生《いっしょう》をめちゃめちゃに送《おく》る人《ひと》だってあるのだ。また、ひと思《おも》いに自殺《じさつ》してしまう人《ひと》だってあるのだ。そうなってしまってから、世《よ》の中《なか》の人《ひと》たちが、ああ、もう少《すこ》し生《い》きていたらわかることなのに、もう少《すこ》し大人《おとな》になったら、自然《しぜん》とわかってくることなのにと、どんなに口惜《くや》しがったって、その当人《とうにん》にしてみれば、苦《くる》しくて苦《くる》しくて、それでも、やっとそこまで堪《た》えて、何《なに》か世《よ》

背戸《せど》 家《いえ》の裏口《うらぐち》。

追憶《ついおく》 過《す》ぎ去《さ》った時間《じかん》に思《おも》いをはせること。

の中《なか》から聞《き》こう聞《き》こうと懸命《けんめい》に耳《みみ》をすましていても、やっぱり、何《なに》かあたりさわりのない教訓《きょうくん》を繰《く》り返《かえ》して、まあ、まあと、なだめるばかりで、私《わたし》たち、いつまでも、恥《は》ずかしいスッポカシをくっているのだ。

私《わたし》たちは、決《けっ》して*刹那主義《せつなしゅぎ》ではないけれども、あんまり遠《とお》くの山《やま》を指《ゆび》さして、あそこまで行《い》けば見《み》はらしがいい、と、それは、きっとその通《とお》りで、みじんも嘘《うそ》のないことは、わかっているのだけれど、現在《げんざい》こんな烈《はげ》しい腹痛《ふくつう》を起《お》こしているのに、その腹痛《ふくつう》に対《たい》しては、見《み》て見《み》ぬふりをして、ただ、さあさあ、もう少《すこ》しのがまんだ、あの山《やま》の頂上《ちょうじょう》まで行《い》けば、しめたものだ、とただ、そのことばかり教《おし》えている。きっと、誰《だれ》かが間違《まちが》っている。悪《わる》いのは、あなただ。

お洗濯《せんたく》をすまして、お風呂場《ふろば》のお掃除《そうじ》をして、それから、こっそりお部屋《へや》の襖《ふすま》をあけると、百合《ゆり》のにおい。すっとした。心《こころ》の底《そこ》まで透明《とうめい》になってしまって、崇高《すうこう》な*ニヒル、とでもいったようなぐあいになった。しずかに寝《ね》まきに着換《きが》えていたら、いままですやすや眠《ねむ》ってるとばかり思《おも》っていたお母《かあ》さん、目《め》をつぶったまま突然《とつぜん》言《い》い出《だ》したので、びくっとした。お母《かあ》さん、ときどきこんなことをして、私《わたし》をおどろかす。

「夏《なつ》の靴《くつ》がほしいと言《い》っていたから、きょう渋谷《しぶや》へ行《い》ったついでに見《み》てきたよ。靴《くつ》も、高《たか》くなったねえ。」

「いいの、そんなに欲《ほ》しくなくなったの。」

「でも、なければ、困《こま》るでしょう。」

刹那主義《せつなしゅぎ》
過去《かこ》や将来《しょうらい》のことは考《かんが》えず、ただ現在《げんざい》の瞬間《しゅんかん》の喜《よろこ》びや楽《たの》しみに価値《かち》をおく考《かんが》え方《かた》。

ニヒル
(ラテン語《ご》で)虚《きょ》無的《むてき》。冷《つめ》たくさめているさま。

「うん。」

あすもまた、同《おな》じ日《ひ》が来《く》るのだろう。幸福《こうふく》は一生《いっしょう》、来《こ》ないのだ。それは、わかっている。けれども、きっと来《く》る、あすは来《く》る、と信《しん》じて寝《ね》るのがいいのでしょう。わざと、どさんと大《おお》きい音《おと》たてて蒲団《ふとん》にたおれる。ああ、いい気持《きも》ちだ。蒲団《ふとん》が冷《つめ》たいので、背中《せなか》がほどよくひんやりして、ついうっとりなる。幸福《こうふく》は一夜《いちや》おくれてくる。ぼんやり、そんな言葉《ことば》を思《おも》い出《だ》す。幸福《こうふく》を待《ま》って待《ま》って、とうとう堪《た》え切《き》れずに家《いえ》を飛《と》び出《だ》してしまって、そのあくる日《ひ》に、素晴《すば》らしい幸福《こうふく》の知《し》らせが、捨《す》てた家《いえ》を訪《おとず》れたが、もうおそかった。幸福《こうふく》は一夜《いちや》おくれて来《く》る。幸福《こうふく》は、――

お庭《にわ》をカアの歩《ある》く足音《あしおと》がする。パタパタパタパタ、カアの足音《あしおと》には、特徴《とくちょう》がある。右《みぎ》の前足《まえあし》が少《すこ》し短《みじか》く、それに前足《まえあし》はO型《がた》でガニだから、足音《あしおと》にも寂《さみ》しい癖《くせ》があるのだ。よくこんな真夜中《まよなか》に、お庭《にわ》を歩《ある》きまわっているけれど、何《なに》をしているのかしら。カアは、かわいそう。けさは、意地悪《いじわる》してやったけれど、あすは、かわいがってあげます。

私《わたし》は悲《かな》しい癖《くせ》で、顔《かお》を両手《りょうて》でぴったり覆《おお》っていなければ、眠《ねむ》れない。顔《かお》を覆《おお》って、じっとしている。

眠《ねむ》りに落《お》ちるときの気持《きも》ちって、へんなものだ。鮒《ふな》か、うなぎか、ぐいぐい釣糸《つりいと》をひっぱるように、なんだか重《おも》い、鉛《なまり》みたいな力《ちから》が、糸《いと》でもって私《わたし》の頭《あたま》を、ぐっとひいて、私《わたし》がとろとろ眠《ねむ》りかけると、また、ちょっと糸《いと》をゆるめる。すると、私《わたし》は、はっと気《き》を取《と》り直《なお》す。また、ぐっと引《ひ》く。とろとろ眠《ねむ》る。また、ちょっと糸《いと》を放《はな》す。そんなことを三度《さんど》か、四度《よんど》くりかえして、それから、はじめて、ぐうっと大《おお》きく引《ひ》いて、こんどは朝《あさ》まで。

おやすみなさい。私《わたし》は、王子《おうじ》さまのいないシンデレラ姫《ひめ》。あたし、東京《とうきょう》の、どこにいるか、ごぞんじですか？　もう、ふたたびお目《め》にかかりません。

畜犬談《ちくけんだん》
――伊馬鵜平君《いまうへいくん》に与《あた》える。

私《わたし》は、犬《いぬ》については自信《じしん》がある。いつの日《ひ》か、かならず喰《く》いつかれるであろうという自信《じしん》である。私《わたし》は、きっと噛《か》まれるにちがいない。自信《じしん》があるのである。よくぞ、きょうまで喰《く》いつかれもせず無事《ぶじ》に過《す》ごしてきたものだと不思議《ふしぎ》な気《き》さえしているのである。

諸君《しょくん》、犬《いぬ》は猛獣《もうじゅう》である。馬《うま》をたおし、たまさかには獅子《しし》と戦《たたか》ってさえこれを征服《せいふく》するとかいうではないか。さもありなんと私《わたし》はひとり淋《さび》しく首肯《しゅこう》しているのだ。あの犬《いぬ》の、鋭《するど》い牙《きば》を見《み》るがよい。ただものではない。いまは、あのように街路《がいろ》で無心《むしん》のふうを装《よそお》い、とるに足《た》らぬもののごとく自《みずか》ら卑下《ひげ》して、ごみ箱《ばこ》をのぞきまわったりなどして見《み》せているが、もともと馬《うま》をたおすほどの猛獣《もうじゅう》である。いつなんどき、怒《いか》り狂《くる》い、その本性《ほんしょう》を曝《ばく》露《ろ》するか、わかったものではない。

犬《いぬ》は必《かなら》ず鎖《くさり》に固《かた》くしばりつけておくべきである。少《すこ》しの油断《ゆだん》もあってはならぬ。世《よ》の多《おお》くの飼《か》い主《ぬし》は、自《みずか》ら恐《おそ》ろしき猛獣《もうじゅう》を養《やしな》い、これに日々《ひび》わずかの残飯《ざんぱん》を与《あた》えているという理由《りゆう》だけにて、まったくこの猛獣《もうじゅう》に心《こころ》をゆるし、エスや、エスやなど、気楽《きらく》に呼《よ》んで、さながら家族《かぞく》の一員《いちいん》のごとく身辺《しんぺん》に近《ちか》づかしめ、三歳《さんさい》のわが愛子《あいし》をして、その猛獣《もうじゅう》の耳《みみ》をぐいと引《ひ》っぱらせて大笑《おおわら》いしている図《ず》にいたっては、戦慄《せんりつ》、眼《め》をおおわざるをえないのである。不《ふ》意《い》に、わんといって喰《く》いついたら、どうする気《き》だろう。気《き》をつけなければならぬ。飼《か》い主《ぬし》でさえ、噛《か》みつかれぬとは保証《ほしょう》できがたい猛獣《もうじゅう》を、(飼《か》い主《ぬし》だから、絶対《ぜったい》に喰《く》いつかれぬということは愚《おろ》かな気《き》のいい迷信《めいしん》にすぎない。あの恐《おそ》ろしい牙《きば》のある以上《いじょう》、必《かなら》ず噛《か》む。決《けっ》して噛《か》まないということは、科学的《かがくてき》に証明《しょうめい》できるはずはないのである。)その猛獣《もうじゅう》を、放《はな》し飼《が》いにして、往来《おうらい》をうろうろ*徘徊《はいかい》させておくとは、どんなものであろうか。

徘徊《はいかい》 どこともなく歩《ある》き回《まわ》ること。

昨年《さくねん》の晩秋《ばんしゅう》、私《わたし》の友人《ゆうじん》が、ついにこれの被害《ひがい》を受《う》けた。いたましい犠牲者《ぎせいしゃ》である。友人《ゆうじん》の話《はなし》によると、友人《ゆうじん》は何《なに》もせず横丁《よこちょう》を懐手《ふところで》してぶらぶら歩《ある》いていると、犬《いぬ》が道路上《どうろじょう》にちゃんと坐《すわ》っていた。友人《ゆうじん》は、やはり何《なに》もせず、その犬《いぬ》の傍《かたわら》を通《とお》った。犬《いぬ》はその時《とき》、いやな横目《よこめ》を使《つか》ったという。なにごともなく通《とお》りすぎた、とたん、わんと言《い》って右《みぎ》の脚《あし》に喰《く》いついたという。災難《さいなん》である。一瞬《いっしゅん》のことである。友人《ゆうじん》は、*呆然自失《ぼうぜんじしつ》したという。ややあって、くやし涙《なみだ》がわいて出《で》た。

さもありなん、と私《わたし》は、やはり淋《さび》しく首肯《しゅこう》している。そうなってしまったら、ほんとうに、どうしようも、ないではないか。友人《ゆうじん》は、痛《いた》む脚《あし》をひきずって病院《びょういん》へ行《い》き手当《てあ》を受《う》けた。それから二十一日間《にちかん》、病院《びょういん》へ通《かよ》ったのである。三週間《さんしゅうかん》である。脚《あし》の傷《きず》がなおっても、体内《たいない》に*恐水病《きょうすいびょう》といういまわしい病気《びょうき》の毒《どく》が、あるいは注入《ちゅうにゅう》されてあるかもしれぬという懸念《けねん》から、その防毒《ぼうどく》の注射《ちゅうしゃ》をしてもらわなければならぬのである。飼《か》い主《ぬし》に談判《だんぱん》するなど、その友人《ゆうじん》の弱気《よわき》をもってしては、とてもできぬことである。じっと堪《た》えて、おのれの不運《ふうん》に溜息《ためいき》ついているだけなのである。しかも、注射代《ちゅうしゃだい》など決《けっ》して安《やす》いものでなく、そのような余分《よぶん》の貯《たくわ》えは失礼《しつれい》ながら友人《ゆうじん》にあるはずもなく、いずれは苦《くる》しい算段《さんだん》をしたにちがいないので、とにかくこれは、ひどい災難《さいなん》である。大災難《だいさいなん》である。

また、うっかり注射《ちゅうしゃ》でも怠《おこた》ろうものなら、恐水病《きょうすいびょう》といって、発熱悩乱《はつねつのうらん》の苦《くる》しみあって、果《は》てはかおが犬《いぬ》に似《に》てきて、四《よ》つ這《ば》いになり、ただわんわんと吠《ほ》ゆるばかりだという、そんな凄惨《せいさん》な病気《びょうき》になるかもしれないということなのである。注射《ちゅうしゃ》を受《う》けながらの、友《ゆう》

呆然自失《ぼうぜんじしつ》
あっけにとられて、我《われ》を忘《わす》れてしまうさま。

恐水病《きょうすいびょう》
狂犬病《きょうけんびょう》の別名《べつめい》。狂犬病《きょうけんびょう》ウイルスによる伝染病《でんせんびょう》。感染《かんせん》した犬《いぬ》は狂暴化《きょうぼうか》し、全身麻痺《ぜんしんまひ》で死《し》に至《いた》る。

人《じん》の憂慮《ゆうりょ》、不安《ふあん》は、どんなだったろう。

友人《ゆうじん》は苦労人《くろうにん》で、ちゃんとできた人《ひと》であるから、醜《みにく》く取《と》り乱《みだ》すこともなく、三七、二十一日《にち》病院《びょういん》に通《かよ》い、注射《ちゅうしゃ》を受《う》けて、いまは元気《げんき》に立《た》ち働《はたら》いているが、もしこれが私《わたし》だったら、その犬《いぬ》、生《い》かしておかないだろう。私《わたし》は、人《ひと》の三倍《さんばい》も四倍《よんばい》も復讐心《ふくしゅうしん》の強《つよ》い男《おとこ》なのであるから、また、そうなると人《ひと》の五倍《ごばい》も六倍《ろくばい》も残忍性《ざんにんせい》を発揮《はっき》してしまう男《おとこ》なのであるから、たちどころにその犬《いぬ》の頭蓋骨《ずがいこつ》を、めちゃめちゃに粉砕《ふんさい》し、眼玉《めだま》をくり抜《ぬ》き、ぐしゃぐしゃに噛《か》んで、べっと吐《は》き捨《す》て、それでも足《た》りずに近所近辺《きんじょきんぺん》の飼《か》い犬《いぬ》ことごとくを毒殺《どくさつ》してしまうであろう。こちらが何《なに》もせぬのに、突然《とつぜん》わんと言《い》って噛《か》みつくとはなんという無礼《ぶれい》、狂暴《きょうぼう》の仕草《しぐさ》であろう。いかに畜生《ちくしょう》といえども許《ゆる》しがたい。畜生《ちくしょう》ふびんのゆえをもって、人《ひと》はこれを甘《あま》やかしているからいけないのだ。容赦《ようしゃ》なく酷刑《こっけい》に処《しょ》すべきである。昨秋《さくしゅう》、友人《ゆうじん》の遭難《そうなん》を聞《き》いて、私《わたし》の畜犬《ちくけん》に対《たい》する日頃《ひごろ》の憎悪《ぞうお》は、その極点《きょくてん》に達《たっ》した。青《あお》いほのおが燃《も》え上《あが》るほどの、思《おも》いつめたる憎悪《ぞうお》である。

ことしの正月《しょうがつ》、山梨県《やまなしけん》、甲府《こうふ》のまちはずれに八畳《はちじょう》、三畳《さんじょう》、一畳《いちじょう》という*草庵《そうあん》を借《か》り、こっそり隠《かく》れるように住《す》み込《こ》み、下手《へた》な小説《しょうせつ》あくせく書《か》きすすめていたのであるが、この甲府《こうふ》のまち、どこへ行《い》っても犬《いぬ》がいる。おびただしいのである。往来《おうらい》に、あるいは佇《たたず》み、あるいはながながと寝《ね》そべり、あるいは疾駆《しっく》し、あるいは牙《きば》を光《ひか》らせて吠《ほ》え立《た》て、ちょっとした空地《あきち》でもあると必《かなら》ずそこは野犬《やけん》の巣《す》のごとく、組《く》んずほぐれつ格闘《かくとう》の稽古《けいこ》にふけり、夜《よる》など無人《むじん》の街路《がいろ》を風《かぜ》のごとく野盗《やとう》のごとく、ぞろぞろ大群《たいぐん》をなして縦横《じゅうおう》に

草庵《そうあん》 草《くさ》ぶきの庵《いおり》。粗末《そまつ》な家《いえ》。

駆《か》け回《まわ》っている。甲府《こうふ》の家《いえ》ごと、家《いえ》ごと、少《すく》くとも二匹《にひき》くらいずつ養《やしな》っているのではないかと思《おも》われるほどに、おびただしい数《かず》である。

山梨県《やまなしけん》は、もともと甲斐犬《かいけん》*の産地《さんち》として知《し》られているようであるが、街頭《がいとう》で見《み》かける犬《いぬ》の姿《すがた》は、決《けっ》してそんな純血種《じゅんけつしゅ》のものではない。赤《あか》いムク犬《いぬ》が最《もっと》も多《おお》い。採《と》るところなきあさはかな駄犬《だけん》ばかりである。もとより私《わたし》は畜犬《ちくけん》に対《たい》しては含《ふく》むところがあり、また友人《ゆうじん》の遭難《そうなん》以来《いらい》いっそう嫌悪《けんお》の念《ねん》を増《ま》し、警戒《けいかい》おさおさ怠《おこた》るものではなかったのであるが、こんなに犬《いぬ》がうようよいて、どこの横丁《よこちょう》にでも跳梁《ちょうりょう》し、あるいはとぐろを巻《ま》いて悠然《ゆうぜん》と寝《ね》ているのでは、とても用心《ようじん》しきれるものでなかった。私《わたし》は実《じつ》に苦心《くしん》をした。できることなら、すね当《あて》、こて当《あて》、かぶとをかぶって街《まち》を歩《ある》きたく思《おも》ったのである。けれども、そのような姿《すがた》は、いかにも異様《いよう》であり、風紀上《ふうきじょう》からいっても、決《けっ》して許《ゆる》されるものではないのだから、私《わたし》は別《べつ》の手段《しゅだん》をとらなければならぬ。私《わたし》は、まじめに、真剣《しんけん》に、対《たい》策《さく》を考《かんが》えた。

私《わたし》は、まず犬《いぬ》の心理《しんり》を研究《けんきゅう》した。人間《にんげん》については、私《わたし》もいささか心得《こころえ》があり、たまには的確《てきかく》に、あやまたず指定《してい》できたことなどもあったのであるが、犬《いぬ》の心理《しんり》は、なかなかむずかしい。人《ひと》の言葉《ことば》が、犬《いぬ》と人《ひと》との感情交流《かんじょうこうりゅう》にどれだけ役立《やくだ》つものか、それが第一《だいいち》の難問《なんもん》である。言葉《ことば》が役《やく》に立《た》たぬとすれば、お互《たが》いのそぶり、表情《ひょうじょう》を読《よ》み取《と》るよりほかにない。しっぽの動《うご》きなどは、重大《じゅうだい》である。けれども、この、しっぽの動《うご》きも、注意《ちゅうい》して見《み》ているとなかなかに複雑《ふくざつ》で、容易《ようい》に読《よ》みきれるものではない。

甲斐犬《かいけん》 甲斐地方《かいちほう》（山梨県《やまなしけん》）で発見《はっけん》された、日《に》本原産《ほんげんさん》の中型犬《ちゅうがたけん》。

私《わたし》は、ほとんど絶望《ぜつぼう》した。そうして、はなはだ拙劣《せつれつ》な、無能《むのう》きわまる一法《いっぽう》を案出《あんしゅつ》した。あわれな窮余《きゅうよ》の一策《いっさく》である。私《わたし》は、とにかく、犬《いぬ》に出逢《であ》うと、満面《まんめん》に微笑《びしょう》をたたえて、いささかも害心《がいしん》のないことを示《しめ》すことにした。夜《よる》は、その微笑《びしょう》が見《み》えないかもしれないから、無邪気《むじゃき》に童謡《どうよう》を口《くち》ずさみ、やさしい人間《にんげん》であることを知《し》らせようと努《つと》めた。これらは、多少《たしょう》、効果《こうか》があったような気《き》がする。犬《いぬ》は私《わたし》には、いまだ飛《と》びかかってこない。けれどもあくまで油断《ゆだん》は禁物《きんもつ》である。犬《いぬ》の傍《そば》を通《とお》る時《とき》は、どんなに恐《おそ》ろしくても、絶対《ぜったい》に走《はし》ってはならぬ。にこにこ卑《いや》しい*追従笑《ついしょうわら》いを浮《う》かべて、無心《むしん》そうに首《くび》を振《ふ》り、ゆっくりゆっくり、内心《ないしん》、背中《せなか》に毛虫《けむし》が十匹《じっぴき》はっているような窒息《ちっそく》せんばかりの悪寒《おかん》にやられながらも、ゆっくりゆっくり通《とお》るのである。つくづく自身《じしん》の卑屈《ひくつ》がいやになる。泣《な》きたいほどの自己嫌悪《じこけんお》を覚《おぼ》えるのであるが、これを行《おこな》わないと、たちまち噛《か》みつかれるような気《き》がして、私《わたし》は、あらゆる犬《いぬ》にあわれな挨拶《あいさつ》を試《こころ》みる。

髪《かみ》をあまりに長《なが》くのばしていると、あるいは*ウロンの者《もの》として吠《ほ》えられるかもしれないから、あれほどいやだった床屋《とこや》へも精出《せいだ》してゆくことにした。ステッキなど持《も》って歩《ある》くと、犬《いぬ》のほうで威嚇《いかく》の武器《ぶき》と勘《かん》ちがいして、反抗心《はんこうしん》を起《お》こすようなことがあってはならぬから、ステッキは永遠《えいえん》に廃棄《はいき》することにした。

犬《いぬ》の心理《しんり》を計《はか》りかねて、ただ行《い》き当《あ》たりばったり、むやみやたらにご機嫌《きげん》とっているうちに、ここに意外《いがい》の現象《げんしょう》が現《あら》われた。私《わたし》は、犬《いぬ》に好《す》かれてしまったのである。尾《お》を振《ふ》って、ぞろぞろ後《あと》についてくる。私《わたし》は、地団駄《じだんだ》踏《ふ》んだ。実《じつ》に皮肉《ひにく》である。かねがね私《わたし》

追従笑《ついしょうわら》い こびへつらって、おかしくもないのに笑《わら》うこと。また、そのような笑《わら》い。

ウロン 「胡乱《うろん》」。疑《うたが》わしいこと。うさんくさいこと。

の、こころよからず思《おも》い、また最近《さいきん》にいたっては憎悪《ぞうお》の極点《きょくてん》にまで達《たっ》している、その当《とう》の畜犬《ちくけん》に好《す》かれるくらいならば、いっそ私《わたし》はらくだに慕《した》われたいほどである。どんな悪《あく》女《じょ》にでも、好《す》かれて気持《きも》ちの悪《わる》いはずはない、というのはそれは*浅薄《せんぱく》の想定《そうてい》である。プライドが、虫《むし》が、どうしてもそれを許容《きょよう》できない場合《ばあい》がある。堪忍《かんにん》ならぬのである。私《わたし》は、犬《いぬ》をきらいなのである。早《はや》くからその狂暴《きょうぼう》の猛獣性《もうじゅうせい》を看破《かんぱ》し、こころよからず思《おも》っているのである。

たかだか日《ひ》に一度《いちど》や二度《にど》の残飯《ざんぱん》の投与《とうよ》にあずからんがために、友《とも》を売《う》り、妻《つま》を離別《りべつ》し、おのれの身《み》ひとつ、その家《いえ》の軒下《のきした》に横《よこ》たえ、忠義顔《ちゅうぎがお》して、かつての友《とも》に吠《ほ》え、兄弟《きょうだい》、父《ふ》母《ぼ》をも、けろりと忘却《ぼうきゃく》し、ただひたすらに飼主《かいぬし》の顔色《かおいろ》を伺《うかが》い、*阿諛追従《あゆついしょう》てんとして恥《は》じず、ぶたれても、きゃんといい尻尾《しっぽ》まいて閉口《へいこう》して見《み》せて家人《かじん》を笑《わら》わせ、その精神《せいしん》の卑《ひ》劣《れつ》、醜怪《しゅうかい》、犬畜生《いぬちくしょう》とは、よくも言《い》った。

日《ひ》に十里《じゅうり》を楽々《らくらく》と走破《そうは》し得《う》る健脚《けんきゃく》を有《ゆう》し、獅子《しし》をもたおす白光鋭利《はっこうえいり》の牙《きば》を持《も》ちながら、*懶惰無頼《らんだぶらい》の腐《くさ》り果《は》てたいやしい根性《こんじょう》をはばからず発揮《はっき》し、一片《いっぺん》の矜持《きょうじ》なく、てもなく人《にん》間界《げんかい》に屈服《くっぷく》し、隷属《れいぞく》し、同族互《どうぞくたが》いに敵視《てきし》して、顔《かお》つき合《あわ》せると吠《ほ》え合《あ》い、噛《か》み合《あ》い、もって人間《にんげん》のご機嫌《きげん》を取《と》り結《むす》ぼうと努《つと》めている。

雀《すずめ》を見《み》よ。何《なに》ひとつ武器《ぶき》を持《も》たぬ繊弱《せんじゃく》の*小禽《しょうきん》ながら、自由《じゆう》を確保《かくほ》し、人間界《にんげんかい》とはまったく別個《べっこ》の小社会《しょうしゃかい》を営《いとな》み、同類相親《どうるいあいした》しみ、*欣然《きんぜん》日々《ひび》の貧《まず》しい生活《せいかつ》を歌《うた》い楽《たの》しんでいるではないか。思《おも》えば、思《おも》うほど、犬《いぬ》は不潔《ふけつ》だ。犬《いぬ》はいやだ。なんだか自分《じぶん》に似《に》ているとこ

浅薄《せんぱく》 学問《がくもん》や思慮《しりょ》が足《た》らず浅《あさ》はかなこと。

阿諛追従《あゆついしょう》 相手《あいて》に気《き》に入《はい》られようと、こびへつらうこと。

懶惰無頼《らんだぶらい》 めんどくさがり、怠《なま》けていること。

小禽《しょうきん》 小鳥《ことり》のこと。

欣然《きんぜん》 喜《よろこ》んでいる様子《ようす》。

ろさえあるような気《き》がして、いよいよ、いやだ。たまらないのである。
その犬《いぬ》が、私《わたし》を特《とく》に好《この》んで、尾《お》を振《ふ》って親愛《しんあい》の情《じょう》を表明《ひょうめい》してくるに及《およ》んでは、狼狽《ろうばい》とも、無念《むねん》とも、なんとも、言《い》いようがない。あまりに犬《いぬ》の猛獣性《もうじゅうせい》を畏敬《いけい》し、買《か》いかぶり、節度《せつど》もなく媚笑《びしょう》をまきちらして歩《ある》いたゆえ、犬《いぬ》は、かえって知己《ちき》を得《え》たものと誤解《ごかい》し、私《わたし》を組《くみ》しやすしと見《み》てとって、このような情《なさ》けない結果《けっか》に立《た》ちいたったのであろうが、何《なに》ごとによらず、ものには節度《せつど》が大切《たいせつ》である。私《わたし》は、いまだに、どうも、節度《せつど》を知《し》らぬ。
早春《そうしゅん》のこと。夕食《ゆうしょく》の少《すこ》しまえに、私《わたし》はすぐ近《ちか》くの四十九聯隊《れんたい》の＊練兵場《れんぺいじょう》へ散歩《さんぽ》に出《で》て、二《に》、三《さん》の犬《いぬ》が私《わたし》のあとについてきて、いまにもかかとをがぶりとやられはせぬかと生《い》きた気《き》もせず、けれども毎度《まいど》のことであり、観念《かんねん》して無心平静《むしんへいせい》を装《よそお》い、ぱっと脱兎《だっと》のごとく走《はし》り逃《に》げたい衝動《しょうどう》を懸命《けんめい》に抑《おさ》え抑《おさ》え、ぶらりぶらり歩《ある》いた。犬《いぬ》は私《わたし》について来《き》ながら、途々《みちみち》お互《たが》いに喧嘩《けんか》などはじめて、私《わたし》は、わざと振《ふ》りかえって見《み》もせず、知《し》らぬふりして歩《ある》いているのだが、内心《ないしん》、実《じつ》に閉口《へいこう》であった。ピストルでもあったなら、躊躇《ちゅうちょ》せずドカンドカンと射殺《しゃさつ》してしまいたい気持《きも》ちであった。犬《いぬ》は、私《わたし》にそのような、外面如菩薩《げめんにょぼさつ》、内心如夜叉的《ないしんにょやしゃてき》の＊奸佞《かんねい》の害心《がいしん》があるとも知《し》らず、どこまでもついてくる。練兵場《れんぺいじょう》をぐるりと一廻《ひとまわ》りして、私《わたし》はやはり犬《いぬ》に慕《した》われながら帰途《きと》についた。家《いえ》へ帰《かえ》り着《つ》くまでには、背後《はいご》の犬《いぬ》もどこかへ雲散霧消《うんさんむしょう》しているのが、これまでの、しきたりであったのだが、その日《ひ》に限《かぎ》って、ひどく執拗《しつよう》でなれなれしいのが一匹《いっぴき》いた。真《ま》っ黒《くろ》の、見《み》るかげもない小犬《こいぬ》である。ずいぶん小《ち》さい。胴《どう》の長《なが》さ＊五寸《ごすん》の感《かん》じである。けれ

練兵場《れんぺいじょう》
兵士《へいし》を訓練《くんれん》するところ。

奸佞《かんねい》の害心《がいしん》
悪《わる》いことで人《ひと》に危害《きがい》を加《くわ》えようとする心《こころ》。

五寸《ごすん》
約《やく》十五センチメートル。

ども、小《ちい》さいからといって油断《ゆだん》はできない。歯《は》は、すでにちゃんと生《は》えそろっているはずである。噛《か》まれたら病院《びょういん》に三《さん》、七《しち》、二十一日間通《にちかんかよ》わなければならぬ。それにこのような幼少《ようしょう》なものには常識《じょうしき》がないから、したがって気《き》まぐれである。いっそう用心《ようじん》をしなければならぬ。小犬《こいぬ》は後《あと》になり、さきになり、私《わたし》の顔《かお》を振《ふ》り仰《あお》ぎ、よたよた走《はし》って、とうとう私《わたし》の家《いえ》の玄関《げんかん》まで、ついてきた。

「おい。へんなものが、ついてきたよ。」

「おや、かわいい。」

「かわいいもんか。追《お》っ払《ぱら》ってくれ。手荒《てあら》くすると喰《く》いつくぜ。お菓子《かし》でもやって。」

れいの軟弱外交《なんじゃくがいこう》*である。小犬《こいぬ》は、たちまち私《わたし》の内心畏怖《ないしんいふ》の情《じょう》を見抜《みぬ》き、それにつけ込《こ》み、図々《ずうずう》しくもそれから、ずるずる私《わたし》の家《いえ》に住《す》みこんでしまった。そうしてこの犬《いぬ》は、三月《さんがつ》、四月《しがつ》、五月《ごがつ》、六《ろく》、七《なな》、八《はち》、そろそろ秋風《あきかぜ》吹《ふ》きはじめてきた現在《げんざい》にいたるまで、私《わたし》の家《いえ》にいるのである。

私《わたし》は、この犬《いぬ》には、いくど泣《な》かされたかわからない。どうにも始末《しまつ》ができないのである。私《わたし》はしかたなく、この犬《いぬ》を、ポチなどと呼《よ》んでいるのであるが、半年《はんとし》も共《とも》に住《す》んでいながら、いまだに私《わたし》は、このポチを、一家《いっか》のものとは思《おも》えない。他人《たにん》の気《き》がするのである。しっくりゆかない。不和《ふわ》である。お互《たが》い心理《しんり》の読《よ》み合《あ》いに火花《ひばな》を散《ち》らして戦《たたか》っている。そうしてお互《たが》い、どうしても釈然《しゃくぜん》と笑《わら》い合《あ》うことができないのである。

はじめこの家《いえ》にやってきたころは、まだ子供《こども》で、地《じ》べたの蟻《あり》を不審《ふしん》そうに観察《かんさつ》したり、

軟弱外交《なんじゃくがいこう》　信念《しんねん》や見識《けんしき》がなく、相手《あいて》の言《い》いなりになること。

*蝦蟇《がま》を恐《おそ》れて悲鳴《ひめい》を挙《あ》げたり、その様《さま》には私《わたし》も思《おも》わず失笑《しっしょう》することがあって、憎《にく》いやつであるが、これも神様《かみさま》の御心《みこころ》によってこの家《いえ》へ迷《まよ》い込《こ》んでくることになったのかもしれぬと、縁《えん》の下《した》に寝床《ねどこ》を作《つく》ってやったし、食《く》い物《もの》も乳幼児《にゅうようじ》むきに軟《やわら》かく煮《に》て与《あた》えてやったし、蚤取粉《のみとりこ》などからだに振《ふ》りかけてやったものだ。

けれども、ひとつき経《た》つと、もういけない。そろそろ駄犬《だけん》の本領《ほんりょう》を発揮《はっき》してきた。いやしい。もともと、この犬《いぬ》は練兵場《れんぺいじょう》の隅《すみ》に捨《す》てられてあったものにちがいない。私《わたし》のあの散歩《さんぽ》の帰途《きと》、私《わたし》にまつわりつくようにしてついてきて、その時《とき》は、見《み》るかげもなくやせこけて、毛《け》も抜《ぬ》けていてお尻《しり》の部分《ぶぶん》は、ほとんど全部《ぜんぶ》はげていた。私《わたし》だからこそ、これに菓子《かし》を与《あた》え、おかゆを作《つく》り、荒《あら》い言葉《ことば》一《ひと》つかけるではなし、腫《は》れものにさわるようにていちょうにもてなしてあげたのだ。他《ほか》の人《ひと》だったら、足蹴《あしげ》にして追《お》い散《ち》らしてしまったにちがいない。

私《わたし》のそんな親切《しんせつ》なもてなしも、内実《ないじつ》は、犬《いぬ》に対《たい》する愛情《あいじょう》からではなく、犬《いぬ》に対《たい》する先天的《せんてんてき》な憎悪《ぞうお》と恐怖《きょうふ》から発《はっ》した*老獪《ろうかい》な駆《か》け引《ひ》きにすぎないのであるが、けれども私《わたし》のおかげで、このポチは、毛並《けな》みもととのい、どうやら一人《いちにん》まえの男《おとこ》の犬《いぬ》に成長《せいちょう》することを得《え》たのではないか。私《わたし》は恩《おん》を売《う》る気《き》はもうとうないけれども、少《すこ》しは私《わたし》たちにも何《なに》か楽《たの》しみを与《あた》えてくれてもよさそうに思《おも》われるのであるが、やはり捨犬《すていぬ》はだめなものである。大《おお》めし食《くら》って、食後《しょくご》の運動《うんどう》のつもりであろうか、下駄《げた》をおもちゃにして無残《むざん》に噛《か》み破《やぶ》り、庭《にわ》に干《ほ》してある洗濯物《せんたくもの》をいらぬ世話《せわ》して引《ひ》きずりおろし、泥《どろ》まみれにする。

蝦蟇《がま》 ヒキガエル。

老獪《ろうかい》 経験《けいけん》を積《つ》んでいて、悪賢《わるがしこ》いこと。

「こういう冗談《じょうだん》はしないでおくれ。実《じつ》に、困《こま》るのだ。誰《だれ》が君《きみ》に、こんなことをしてくれとたのみましたか？」

と、私《わたし》は、内《うち》に針《はり》を含《ふく》んだ言葉《ことば》を、せいいっぱい優《やさ》しく、いや味《み》をきかせて言《い》ってやることもあるのだが、犬《いぬ》は、きょろりと眼《め》を動《うご》かし、いや味《み》を言《い》い聞《き》かせている当《とう》の私《わたし》にじゃれかかる。なんという甘《あま》ったれた精神《せいしん》であろう。私《わたし》はこの犬《いぬ》の＊鉄面皮《てつめんぴ》には、ひそかに呆《あき》れ、これを軽蔑《けいべつ》さえしたのである。

長《ちょう》ずるに及《およ》んで、いよいよこの犬《いぬ》の無能《むのう》が暴露《ばくろ》された。だいいち、形《かたち》がよくない。幼《よう》少《しょう》のころには、も少《すこ》し形《かたち》の均斉《きんせい》もとれていて、あるいは優《すぐ》れた血《ち》が雑《まざ》っているのかもしれぬと思《おも》わせるところあったのであるが、それは真《ま》っ赤《か》ないつわりであった。胴《どう》だけが、にょきにょき長《なが》く伸《の》びて、手足《てあし》がいちじるしく短《みじか》い。亀《かめ》のようである。見《み》られたものでなかった。

そのような醜《みにく》い形《かたち》をして、私《わたし》が外出《がいしゅつ》すれば必《かなら》ず影《かげ》のごとくちゃんと私《わたし》につき従《したが》い、少《しょう》年少女《ねんしょうじょ》までが、やあ、へんてこな犬《いぬ》じゃと指《ゆび》さして笑《わら》うこともあり、多少見栄坊《たしょうみえぼう》の私《わたし》は、いくら澄《す》まして歩《ある》いても、なんにもならなくなるのである。いっそ他人《たにん》のふりをしようと足早《あしばや》に歩《ある》いてみても、ポチは私《わたし》の傍《そば》を離《はな》れず、私《わたし》の顔《かお》を振《ふ》り仰《あお》ぎ振《ふ》り仰《あお》ぎ、あとになり、さきになり、からみつくようにしてついてくるのだから、どうしたって二人《ふたり》は他人《たにん》のようには見《み》えまい。気心《きごころ》の合《あ》った主従《しゅじゅう》としか見《み》えまい。おかげで私《わたし》は外出《がいしゅつ》のたびごとに、ずいぶん暗《くら》い憂鬱《ゆううつ》な気持《きも》ちにさせられた。いい修行《しゅぎょう》になったのである。

鉄面皮《てつめんぴ》 あつかましいこと。恥知《はじし》らずで、ずうずうしいこと。

ただ、ついて歩《ある》いていたころは、まだよかった。そのうちにいよいよ隠《かく》してあった猛獣《もうじゅう》の本性《ほんしょう》を曝露《ばくろ》して来《き》た。喧嘩格闘《けんかかくとう》を好《この》むようになったのである。私《わたし》のお伴《とも》をして、まちを歩《ある》いて行《い》き会《あ》う犬《いぬ》、行《い》き会《あ》う犬《いぬ》、すべてに挨拶《あいさつ》して通《とお》るのである。つまり、かたっぱしから喧嘩《けんか》して通《とお》るのである。

ポチは足《あし》も短《みじか》く、若年《じゃくねん》でありながら、喧嘩《けんか》は相《そう》当《とう》強《つよ》いようである。空地《あきち》の犬《いぬ》の巣《す》に踏《ふ》みこんで、一時《いちどき》に五匹《ごひき》の犬《いぬ》を相手《あいて》に戦《たたか》ったときはさすがに危《あや》うく見《み》えたが、それでも巧《たく》みに身《み》をかわして難《なん》を避《さ》けた。非常《ひじょう》な自信《じしん》をもって、どんな犬《いぬ》にでも飛《と》びかかってゆく。たまには勢《いきお》い負《ま》けして、吠《ほ》えながらじりじり退却《たいきゃく》することもある。声《こえ》が悲鳴《ひめい》に近《ちか》くなり、真《ま》っ黒《くろ》い顔《かお》が蒼黒《あおぐろ》くなってくる。いちど小牛《こうし》のようなシェパアドに飛《と》びかかっていって、あのときは、私《わたし》が蒼《あお》くなった。はたして、ひとたまりもなかった。前足《まえあし》でころころポチをおもちゃ

にして、本気《ほんき》につき合《あ》ってくれなかったのでポチも命《いのち》が助《たす》かった。

犬《いぬ》は、いちどあんなひどいめにあうと、たいへん意気地《いくじ》がなくなるものらしい。ポチは、それからは眼《め》に見《み》えて、喧嘩《けんか》を避《さ》けるようになった。それに私《わたし》は、喧嘩《けんか》を好《この》まず、否《いな》、好《この》まぬどころではない、往来《おうらい》で野獣《やじゅう》の組《く》み打《う》ちを放置《ほうち》し許容《きょよう》しているなどは、文明国《ぶんめいこく》の恥辱《ちじょく》と信《しん》じているので、かの耳《みみ》を聾《ろう》せんばかりのけんけんごうごう*、きゃんきゃんの犬《いぬ》の野蛮《やばん》のわめき声《ごえ》には、殺《ころ》してもなおあき足《た》らない憤怒《ふんぬ》と憎悪《ぞうお》を感《かん》じているのである。

私《わたし》はポチを愛《あい》してはいない。恐《おそ》れ、憎《にく》んでこそいるが、みじんも愛《あい》してはいない。死《し》んでくれたらいいと思《おも》っている。私《わたし》にのこのこついて来《き》て、何《なに》かそれが飼《か》われているものの義務《ぎむ》とでも思《おも》っているのか、途《みち》で逢《あ》う犬《いぬ》、逢《あ》う犬《いぬ》、必《かなら》ず凄惨《せいさん》に吠《ほ》え合《あ》って、主人《しゅじん》としての私《わたし》は、そのときどんなに恐怖《きょうふ》にわななき震《ふる》えていることか。自動車《じどうしゃ》呼《よ》びとめて、それに乗《の》ってドアをばたんと閉《と》じ、一目散《いちもくさん》に逃《に》げ去《さ》りたい気持《きも》ちなのである。犬同志《いぬどうし》の組《く》み打《う》ちで終《お》わるべきものなら、まだしも、もし敵《てき》の犬《いぬ》が血迷《ちまよ》って、ポチの主人《しゅじん》の私《わたし》に飛《と》びかかってくるようなことがあったら、どうする。ないとは言《い》わせぬ。血《ち》に飢《う》えたる猛獣《もうじゅう》である。何《なに》をするか、わかったものでない。私《わたし》はむごたらしく嚙《か》み裂《さ》かれ、三七、二十一日間病院《にちかんびょういん》に通《かよ》わなければならぬ。犬《いぬ》の喧嘩《けんか》は、地獄《じごく》である。私《わたし》は、機会《きかい》あるごとにポチに言《い》い聞《き》かせた。

「喧嘩《けんか》しては、いけないよ。喧嘩《けんか》するなら、僕《ぼく》からはるか離《はな》れたところで、してもらいたい。僕《ぼく》は、おまえを好《す》いてはいないんだ。」

けんけんごうごう
たくさんの人《ひと》が口々《くちぐち》にやかましく騒《さわ》ぎたてるさま。

少《すこ》し、ポチにもわかるらしいのである。そう言《い》われると多少《たしょう》しょげる。いよいよ私《わたし》は犬《いぬ》を、薄気味《うすきみ》わるいものに思《おも》った。その私《わたし》の繰《く》り返《かえ》し繰《く》り返《かえ》し言《い》った忠告《ちゅうこく》が効《こう》を奏《そう》したのか、あるいは、かのシェパアドとの一戦《いちせん》にぶざまな惨敗《ざんぱい》を喫《きっ》したせいか、ポチは、卑《ひ》屈《くつ》なほど柔弱《にゅうじゃく》な態度《たいど》をとりはじめた。私《わたし》と一緒《いっしょ》に路《みち》を歩《ある》いて、他《ほか》の犬《いぬ》がポチに吠《ほ》えかけると、ポチは、

「ああ、いやだ、いやだ。野蛮《やばん》ですねえ。」

と言《い》わんばかり、ひたすら私《わたし》の気《き》に入《い》られようと上品《じょうひん》ぶって、ぶるっと胴震《どうぶる》いさせたり、相手《あいて》の犬《いぬ》を、しかたのないやつだね、とさもさも憐《あわ》れむように流《なが》し目《め》で見《み》て、そうして、私《わたし》の顔色《かおいろ》を伺《うかが》い、へっへっへっと卑《いや》しい追従笑《ついしょうわら》いするかのごとく、その様子《ようす》のいやらしいったらなかった。

「一《ひと》つも、いいところないじゃないか、こいつは。ひとの顔色《かおいろ》ばかり伺《うかが》っていやがる。」

「あなたが、あまり、へんにかまうからですよ。」

家内《かない》は、はじめからポチに無関心《むかんしん》であった。洗濯物《せんたくもの》など汚《よご》されたときはぶつぶつ言《い》うが、あとはけろりとして、ポチポチと呼《よ》んで、めしを食《く》わせたりなどしている。

「性格《せいかく》が破産《はさん》しちゃったんじゃないかしら」と笑《わら》っている。

「飼《か》い主《ぬし》に、似《に》てきたというわけかね。」私《わたし》は、いよいよ、にがにがしく思《おも》った。

七月《しちがつ》にはいって、異変《いへん》が起《おこ》った。私《わたし》たちは、やっと、東京《とうきょう》の三鷹村《みたかむら》に、建築最中《けんちくさいちゅう》の小《ち》さい家《いえ》を見《み》つけることができて、それの完成《かんせい》しだい、一《いっ》ケ月《げつ》二十四円《えん》で貸《か》してもらえ

るように、家主《やぬし》と契約《けいやく》の証書《しょうしょ》交《かわ》して、そろそろ移転《いてん》の仕度《したく》をはじめた。家《いえ》ができあがると、家主《やぬし》から速達《そくたつ》で通知《つうち》が来《く》ることになっていたのである。ポチは、もちろん、捨《す》ててゆかれることになっていたのである。

「連《つ》れていったって、いいのに。」

家内《かない》は、やはりポチをあまり問題《もんだい》にしていない。どちらでもいいのである。

「だめだ。僕《ぼく》は、可愛《かわい》いから養《やしな》っているんじゃないんだよ。犬《いぬ》に復讐《ふくしゅう》されるのが、こわいから、しかたなくそっとしておいてやっているのだ。わからんかね。」

「でも、ちょっとポチが見《み》えなくなると、ポチはどこへ行《い》ったろう、どこへ行《い》ったろうと大騒《おおさわ》ぎじゃないの。」

「いなくなると、いっそう薄気味《うすきみ》が悪《わる》いからさ。僕《ぼく》に隠《かく》れて、ひそかに同志《どうし》を糾合《きゅうごう》しているのかもわからない。あいつは、僕《ぼく》に軽蔑《けいべつ》されていることを知《し》っているんだ。復讐心《ふくしゅうしん》が強《つよ》いそうだからなあ、犬《いぬ》は。」

いまこそ絶好《ぜっこう》の機会《きかい》であると思《おも》っていた。この犬《いぬ》をこのまま忘《わす》れたふりして、ここへ置《お》いて、さっさと汽車《きしゃ》に乗《の》って東京《とうきょう》へ行《い》ってしまえば、まさか犬《いぬ》も、笹子峠《ささごとうげ》を越《こ》えて三鷹村《みたかむら》まで追《お》いかけてくることはなかろう。私《わたし》たちは、ポチを捨《す》てたのではない。まったくうっかりして連《つ》れてゆくことを忘《わす》れたのである。罪《つみ》にはならない。またポチに恨《うら》まれる筋合《すじあい》もない。復讐《ふくしゅう》されるわけはない。

「大丈夫《だいじょうぶ》だろうね。置《お》いていっても、飢《う》え死《じ》にするようなことはないだろうね。死霊《しりょう》*の

死霊《しりょう》　使者《ししゃ》の霊魂《れいこん》。

祟《たた》りということもあるからね。」

「もともと、捨犬《すていぬ》だったんですもの。」家内《かない》も、少《すこ》し不安《ふあん》になった様子《ようす》である。

「そうだね。飢《う》え死《じ》にすることはないだろう。なんとか、うまくやってゆくだろう。あんな犬《いぬ》、東京《とうきょう》へ連《つ》れて行《い》ったんじゃ、僕《ぼく》は友人《ゆうじん》に対《たい》して恥《は》ずかしいんだ。胴《どう》が長《なが》すぎる。みっともないねえ。」

ポチは、やはり置《お》いてゆかれることに、確定《かくてい》した。すると、ここに異変《いへん》が起《お》こった。

ポチが、皮膚病《ひふびょう》にやられちゃった。これが、またひどいのである。さすがに形容《けいよう》をはばかるが、惨状《さんじょう》、眼《め》をそむけしむるものがあったのである。折《おり》からの炎熱《えんねつ》と共《とも》に、ただならぬ悪臭《あくしゅう》を放《はな》つようになった。こんどは家内《かない》が、まいってしまった。

「ご近所《きんじょ》にわるいわ。殺《ころ》してください。」女《おんな》は、こうなると男《おとこ》よりも冷酷《れいこく》で、度胸《どきょう》がいい。

「殺《ころ》すのか？」私《わたし》は、ぎょっとした。「も少《すこ》しの我慢《がまん》じゃないか。」

私《わたし》たちは、三鷹《みたか》の家主《やぬし》からの速達《そくたつ》を一心《いっしん》に待《ま》っていた。七月末《しちがつまつ》には、できるでしょうという家主《やぬし》の言葉《ことば》であったのだが、七月《しちがつ》もそろそろおしまいになりかけて、きょうか明《あ》日《す》かと、引越《ひっこ》しの荷物《にもつ》もまとめてしまって待機《たいき》していたのであったが、なかなか、通知《つうち》が来《こ》ないのである。問《と》い合《あわ》せの手紙《てがみ》を出《だ》したりなどしている時《とき》に、ポチの皮膚病《ひふびょう》がはじまったのである。見《み》れば、見《み》るほど、酸鼻《さんび》の極《きわみ》である。

ポチも、いまはさすがに、おのれの醜《みにく》い姿《すがた》を恥《は》じている様子《ようす》で、とかく暗闇《くらやみ》の場所《ばしょ》を好《この》むようになり、たまに玄関《げんかん》の日当《ひあ》たりのいい敷石《しきいし》の上《うえ》で、ぐったり寝《ね》そべっていること

があっても、私《わたし》が、それを見《み》つけて、
「わあ、ひでえなあ。」と罵倒《ばとう》すると、いそいで立《た》ち上《あが》って首《くび》を垂《た》れ、閉口《へいこう》したようにこそこそ縁《えん》の下《した》にもぐり込《こ》んでしまうのである。

それでも私《わたし》が外出《がいしゅつ》するときには、どこからともなく足音忍《あしおとしの》ばせて出《で》てきて、私《わたし》についてこようとする。こんな化《ば》け物《もの》みたいなものに、ついてこられて、たまるものか、とその都度《つど》、私《わたし》は、だまってポチを見《み》つめてやる。あざけりの笑《わら》いを*口角《こうかく》にまざまざと浮《う》かべて、なんぼでも、ポチを見《み》つめてやる。これはたいへん、ききめがあった。ポチは、おのれの醜《みにく》い姿《すがた》にハッと思《おも》い当《あた》る様子《ようす》で、首《くび》を垂《た》れ、しおしおどこかへ姿《すがた》を隠《かく》す。

「とっても、我慢《がまん》ができないの。私《わたし》まで、むず痒《がゆ》くなって。」家内《かない》は、ときどき私《わたし》に相談《そうだん》する。「なるべく見《み》ないように努《つと》めているんだけれど、いちど見《み》ちゃったら、もう駄目《だめ》ね。夢《ゆめ》の中《なか》にまで出《で》てくるんだもの。」

「まあ、もうすこしの我慢《がまん》だ。」我慢《がまん》するよりほかはないと思《おも》った。たとえ病《や》んでいるとはいっても、相手《あいて》は一種《いっしゅ》の猛獣《もうじゅう》である。下手《へた》に触《さわ》ったら噛《か》みつかれる。

「明日《あす》にでも、三鷹《みたか》から、返事《へんじ》が来《く》るだろう。引越《ひっこ》してしまったら、それっきりじゃないか。」

三鷹《みたか》の家主《やぬし》から返事《へんじ》が来《き》た。読《よ》んで、がっかりした。雨《あめ》が降《ふ》りつづいて壁《かべ》が乾《かわ》かず、また人手《ひとで》も不足《ふそく》で、完成《かんせい》までには、もう十日《とおか》くらいかかる見込《みこ》み、というのであった。うんざりした。ポチから逃《のが》れるためだけでも、早《はや》く、引越《ひっこ》してしまいたかったのだ。

口角《こうかく》 口《くち》の両《りょう》わき。

私《わたし》は、へんな焦躁感《しょうそうかん》で、仕事《しごと》も手《て》につかず、雑誌《ざっし》を読《よ》んだり、酒《さけ》を呑《の》んだりした。ポチの皮膚病《ひふびょう》は一日一日《いちにちいちにち》ひどくなっていって、私《わたし》の皮膚《ひふ》も、なんだか、しきりに痒《かゆ》くなってきた。深夜《しんや》、戸外《こがい》でポチが、ばたばたばた痒《かゆ》さに身悶《みもだ》えしている物音《ものおと》に、幾度《いくど》ぞっとさせられたかわからない。たまらない気《き》がした。いっそひと思《おも》いにと、狂暴《きょうぼう》な発作《ほっさ》に駆《か》られることも、しばしばあった。

家主《やぬし》からは、さらに二十日《はつか》待《ま》て、と手紙《てがみ》が来《き》て、私《わたし》のごちゃごちゃの*忿懣《ふんまん》が、たちまち手近《てぢか》のポチに結《むす》びついて、こいつあるがために、このように諸事円滑《しょじえんかつ》にすすまないのだ、と何《なに》もかも悪《わる》いことは皆《みな》、ポチのせいみたいに考《かんが》えられ、奇妙《きみょう》にポチを呪詛《じゅそ》し、ある夜《よる》、私《わたし》の寝巻《ねま》きに犬《いぬ》の蚤《のみ》が伝播《でんぱ》されてあることを発見《はっけん》するに及《およ》んで、ついにそれまで堪《た》えに堪《た》えてきた怒《いか》りが爆発《ばくはつ》し、私《わたし》は、ひそかに重大《じゅうだい》の決意《けつい》をした。

殺《ころ》そうと思《おも》ったのである。相手《あいて》は恐《おそ》るべき猛獣《もうじゅう》である。常《つね》の私《わたし》だったら、こんな乱暴《らんぼう》な決意《けつい》は、逆立《さかだ》ちしたってなし得《え》なかったところのものなのであったが、盆地特有《ぼんちとくゆう》の酷《こく》暑《しょ》で、少《すこ》しへんになっていた矢先《やさき》であったし、また、毎日《まいにち》、何《なに》もせず、ただぽかんと家《や》主《ぬし》からの速達《そくたつ》を待《ま》っていて、死《し》ぬほど退屈《たいくつ》な日々《ひび》を送《おく》って、むしゃくしゃいらいら、おまけに不眠《ふみん》も手伝《てつだ》って発狂状態《はっきょうじょうたい》であったのだから、たまらない。その犬《いぬ》の蚤《のみ》を発見《はっけん》した夜《よる》、ただちに家内《かない》をして牛肉《ぎゅうにく》の大片《おおかた》を買《か》いに走《はし》らせ、私《わたし》は、薬屋《くすりや》に行《い》きある種《しゅ》の薬品《やくひん》を少量《しょうりょう》、買《か》い求《もと》めた。これで用意《ようい》はできた。家内《かない》は少《すく》なからず興奮《こうふん》していた。私《わたし》たち鬼夫婦《おにふうふ》は、その夜《よる》、*鳩首《きゅうしゅ》して小声《こごえ》で相談《そうだん》した。

分懣《ふんまん》 いきどおりもだえること。発散《はっさん》できずに心中《しんちゅう》にわだかまる怒《いか》り。

鳩首《きゅうしゅ》 人々《ひとびと》が集《あつ》まって相談《そうだん》すること。

あくる朝《あさ》、四時《よじ》に私《わたし》は起《お》きた。目覚《めざ》まし時計《どけい》をかけておいたのであるが、それの鳴《な》りださぬうちに、眼《め》が覚《さ》めてしまった。しらじらと明《あ》けていた。肌寒《はださむ》いほどであった。私《わたし》は竹《たけ》の皮包《かわづつみ》をさげて外《そと》へ出《で》た。

「おしまいまで見《み》ていないですぐお帰《かえ》りになるといいわ。」家内《かない》は玄関《げんかん》の式台《しきだい》に立《た》って見送《みおく》り、落《お》ち着《つ》いていた。

「心得《こころえ》ている。ポチ、来《こ》い！」

ポチは尾《お》を振《ふ》って縁《えん》の下《した》から出《で》てきた。

「来《こ》い、来《こ》い！」

私《わたし》は、さっさと歩《ある》き出《だ》した。きょうは、あんな、意地悪《いじわる》くポチの姿《すがた》を見《み》つめるようなことはしないので、ポチも自身《じしん》の醜《みにく》さを忘《わす》れて、いそいそ私《わたし》について来《き》た。霧《きり》が深《ふか》い。まちはひっそり眠《ねむ》っている。私《わたし》は、練兵場《れんぺいじょう》へいそいだ。

途中《とちゅう》、おそろしく大《おお》きい赤毛《あかげ》の犬《いぬ》が、ポチに向《む》かって猛烈《もうれつ》に吠《ほ》えたてた。ポチは、れいによって上品《じょうひん》ぶった態度《たいど》を示《しめ》し、何《なに》を騒《さわ》いでいるのかね、とでも言《い》いたげな蔑視《べっし》をちらとその赤毛《あかげ》の犬《いぬ》にくれただけで、さっさとその面前《めんぜん》を通過《つうか》した。赤毛《あかげ》は、卑劣《ひれつ》である。無法《むほう》にもポチの背後《はいご》から、風《かぜ》のごとく襲《おそ》いかかり、ポチの寒《さむ》しげな睾丸《こうがん》をねらった。ポチは、とっさにくるりと向《む》き直《なお》ったが、ちょっと躊躇《ちゅうちょ》し、私《わたし》の顔色《かおいろ》をそっと伺《うかが》った。

「やれ！」

私《わたし》は大声《おおごえ》で命令《めいれい》した。「赤毛《あかげ》は卑怯《ひきょう》だ！　思《おも》う存分《ぞんぶん》やれ！」

ゆるしが出《で》たのでポチは、ぶるんと一《ひと》つ大《おお》きく胴震《どうぶる》いして、弾丸《だんがん》のごとく赤犬《あかいぬ》のふところに飛《と》び込《こ》んだ。たちまち、けんけんごうごう、二匹《にひき》は一《ひと》つの手毬《てまり》みたいになって、格闘《かくとう》した。赤毛《あかげ》は、ポチの倍《ばい》ほども大《おお》きい図体《ずうたい》をしていたが、だめであった。ほどなく、きゃんきゃん悲鳴《ひめい》を挙《あ》げて敗退《はいたい》した。おまけにポチの皮膚病《ひふびょう》までうつされたかもわからない。ばかなやつだ。

喧嘩《けんか》が終《お》わって、私《わたし》は、ほっとした。文字《もじ》どおり手《て》に汗《あせ》して眺《なが》めていたのである。一《いち》時《じ》は、二匹《にひき》の犬《いぬ》の格闘《かくとう》に巻《ま》きこまれて、私《わたし》も共《とも》に死《し》ぬるような気《き》さえしていた。おれは嚙《か》み殺《ころ》されたっていいんだ。ポチよ、思《おも》う存分《ぞんぶん》、喧嘩《けんか》をしろ！　と異様《いよう》に力《りき》んでいたのであった。ポチは、逃《に》げてゆく赤毛《あかげ》を少《すこ》し追《お》いかけ、立《た》ちどまって、私《わたし》の顔色《かおいろ》をちらと伺《うかが》い、急《きゅう》にしょげて、首《くび》を垂《た》れすごすご私《わたし》のほうへ引《ひ》き返《かえ》してきた。

「よし！　強《つよ》いぞ。」

ほめてやって私《わたし》は歩《ある》き出《だ》し、橋《はし》をかたかた渡《わた》って、ここはもう練兵場《れんぺいじょう》である。

むかしポチは、この練兵場《れんぺいじょう》に捨《す》てられた。だからいま、また、この練兵場《れんぺいじょう》へ帰《かえ》ってきたのだ。おまえのふるさとで死《し》ぬがよい。

「ポチ、食《く》え。」

私《わたし》は立《た》ちどまり、ぼとりと牛肉《ぎゅうにく》の大片《おおかた》を私《わたし》の足《あし》もとへ落《お》として、

私《わたし》は、ポチを見《み》たくなかった。ぼんやりそこに立《た》ったたまま、「ポチ、食《く》え。」足《あし》もとで、ぺちゃぺちゃ食《た》べている音《おと》がする。一分《いっぷん》たたぬうちに死《し》ぬはずだ。

私《わたし》は猫背《ねこぜ》になって、のろのろ歩《ある》いた。霧《きり》が深《ふか》い。ほんのちかくの山《やま》が、ぼんやり黒《くろ》く見《み》えるだけだ。南《みなみ》アルプス連峰《れんぽう》も、富士山《ふじさん》も、何《なに》も見《み》えない。朝露《あさつゆ》で、下駄《げた》がびしょぬれである。私《わたし》は一《いっ》そうひどい猫背《ねこぜ》になって、のろのろ帰途《きと》についた。橋《はし》を渡《わた》り、中学校《ちゅうがっこう》のまえまで来《き》て、振《ふ》り向《む》くとポチが、ちゃんといた。面目《めんぼく》なげに、首《くび》を垂《た》れ、私《わたし》の視線《しせん》をそっとそらした。

私《わたし》も、もう大人《おとな》である。いたずらな感傷《かんしょう》はなかった。すぐ事態《じたい》を察知《さっち》した。薬品《やくひん》が効《き》かなかったのだ。うなずいて、もうすでに私《わたし》は、*白紙還元《はくしかんげん》である。家《いえ》へ帰《かえ》って、

「だめだよ。薬《くすり》が効《き》かないのだ。ゆるしてやろうよ。あいつには、罪《つみ》がなかったんだぜ。芸術家《げいじゅつか》は、もともと弱《よわ》い者《もの》の味方《みかた》だったはずなんだ。」

私《わたし》は、途中《とちゅう》で考《かんが》えてきたことをそのまま言《い》ってみた。

「弱者《じゃくしゃ》の友《とも》なんだ。芸術家《げいじゅつか》にとって、これが出発《しゅっぱつ》で、また最高《さいこう》の目的《もくてき》なんだ。こんな単《たん》純《じゅん》なこと、僕《ぼく》は忘《わす》れていた。僕《ぼく》だけじゃない。みんなが、忘《わす》れているんだ。僕《ぼく》は、ポチを東京《とうきょう》へ連《つ》れてゆこうと思《おも》うよ。友達《ともだち》がもしポチの恰好《かっこう》を笑《わら》ったら、ぶん殴《なぐ》ってやる。卵《たまご》あるかい?」

「ええ。」家内《かない》は、浮《う》かぬ顔《かお》をしていた。

「ポチにやれ。二《ふた》つあるなら、二《ふた》つやれ。おまえも我慢《がまん》しろ。皮膚病《ひふびょう》なんてのは、すぐなおるよ。」

「ええ。」家内《かない》は、やはり浮《う》かぬ顔《かお》をしていた。

白紙還元《はくしかんげん》
もとに戻《もど》すこと。

黄金風景《おうごんふうけい》

海《うみ》の岸辺《きしべ》に緑《みどり》なす樫《かし》の木《き》、その樫《かし》の木《き》に黄金《おうごん》の細《ほそ》き鎖《くさり》のむすばれて

—プウシキン—

私《わたし》は子供《こども》のときには、余《あま》り質《たち》のいい方《ほう》ではなかった。女中《じょちゅう》*をいじめた。私《わたし》は、のろくさいことは嫌《きら》いで、それゆえ、のろくさい女中《じょちゅう》を殊《こと》にもいじめた。お慶《けい》は、のろくさい女中《じょちゅう》である。林檎《りんご》の皮《かわ》をむかせても、むきながら何《なん》を考《かんが》えているのか、二度《にど》も三度《さんど》も手《て》を休《やす》めて、おい、とその度《たび》ごとにきびしく声《こえ》をかけてやらないと、片手《かたて》に林檎《りんご》、片手《かたて》にナイフを持《も》ったまま、いつまでも、ぼんやりしているのだ。足《た》りないのではないか、と思《おも》われた。台所《だいどころ》で、何《なに》もせずに、ただのっそりつっ立《た》っている姿《すがた》を、私《わたし》はよく見《み》かけたものであるが、子供心《こどもごころ》にも、うすみっともなく、妙《みょう》に癇《かん》にさわって、

女中《じょちゅう》
他人《たにん》の家《いえ》や旅館《りょかん》などに住《す》み込《こ》んで、炊事《すいじ》・掃除《そうじ》などの用《よう》をする女性《じょせい》。お手伝《てつだ》いさん。今《いま》は使《つか》わない言葉《ことば》。

おい、お慶《けい》、日《ひ》は短《みじか》いのだぞ、などと大人《おとな》びた、いま思《おも》っても背筋《せすじ》の寒《さむ》くなるような非《ひ》道《どう》の言葉《ことば》を投《な》げつけて、それで足《た》りずに一度《いちど》はお慶《けい》をよびつけ、私《わたし》の絵本《えほん》の観兵式《かんぺいしき》の何百人《なんびゃくにん》となくうようよしている兵隊《へいたい》、馬《うま》に乗《の》っている者《もの》もあり、旗持《はたも》っている者《もの》もあり、銃《じゅう》担《にな》っている者《もの》もあり、そのひとりひとりの兵隊《へいたい》の形《かたち》をはさみでもって切《き》り抜《ぬ》かせ、不器用《ぶきよう》なお慶《けい》は、朝《あさ》から昼飯《ひるめし》も食《く》わず日暮《ひぐ》れ頃《ごろ》までかかって、やっと三十人《にん》くらい、それも大将《たいしょう》のひげを片方《かたほう》切《き》り落《お》としたり、銃持《じゅうも》つ兵隊《へいたい》の手《て》を、熊《くま》の手《て》みたいに恐《おそ》ろしく大《おお》きく切《き》り抜《ぬ》いたり、そうしていちいち私《わたし》に怒鳴《どな》られ、夏《なつ》のころであった、お慶《けい》は汗《あせ》かきなので、切《き》り抜《ぬ》かれた兵隊《へいたい》たちはみんな、お慶《けい》の手《て》の汗《あせ》で、びしょびしょ濡《ぬ》れて、私《わたし》は遂《つい》に癇癪《かんしゃく》をおこし、お慶《けい》を蹴《け》った。たしかに肩《かた》を蹴《け》ったはずなのに、お慶《けい》は右《みぎ》の頬《ほお》をおさえ、がばと泣《な》き伏《ふ》し、泣《な》き泣《な》き言《い》った。「親《おや》にさえ顔《かお》を踏《ふ》まれたことはない。一生《いっしょう》おぼえております。」うめくような口調《くちょう》で、とぎれ、とぎれそう言《い》ったので、私《わたし》は、さすがにいやな気《き》がした。そのほかにも、私《わたし》はほとんどそれが天命《てんめい》でもあるかのように、お慶《けい》をいびった。いまでも、多少《たしょう》はそうであるが、私《わたし》には無智《むち》な*魯鈍《ろどん》の者《もの》は、とても堪忍《かんにん》できぬのだ。

一昨年《おととし》、私《わたし》は家《いえ》を追《お》われ、一夜《いちや》のうちに窮迫《きゅうはく》し、巷《ちまた》をさまよい、諸所《しょしょ》に泣《な》きつき、その日《ひ》その日《ひ》のいのちを繋《つな》ぎ、やや文筆《ぶんぴつ》でもって、自活《じかつ》できるあてがつきはじめたと思《おも》ったとたん、病《やまい》を得《え》た。ひとびとの情《じょう》でひと夏《なつ》、千葉県船橋町《ちばけんふなばしちょう》、泥《どろ》の海《うみ》のすぐ近《ちか》くに小《ちい》さい家《いえ》を借《か》り、自炊《じすい》の保養《ほよう》をすることができ、毎夜毎夜《まいよまいよ》、寝巻《ねま》きをしぼるほどの寝汗《ねあせ》とた

魯鈍《ろどん》 おろかで、にぶいこと。

たかい、それでも仕事《しごと》はしなければならず、毎朝毎朝《まいあさまいあさ》のつめたい一合《いちごう》の牛乳《ぎゅうにゅう》だけが、ただそれだけが、奇妙《きみょう》に生《い》きているよろこびとして感《かん》じられ、庭《にわ》の隅《すみ》の夾竹桃《きょうちくとう》の花《はな》が咲《さ》いたのを、めらめら火《ひ》が燃《も》えているようにしか感《かん》じられなかったほど、私《わたし》の頭《あたま》もほとほと痛《いた》み疲《つか》れていた。

そのころのこと、*戸籍調《こせきしら》べの四十に近《ちか》い、やせて小柄《こがら》のお巡《まわ》りが玄関《げんかん》で、帳簿《ちょうぼ》の私《わたし》の名前《なまえ》と、それから無精《ぶしょう》ひげのばし放題《ほうだい》の私《わたし》の顔《かお》とを、つくづく見比《みくら》べ、おや、あなたは……のお坊《ぼっ》ちゃんじゃございませんか？　そう言《い》うお巡《まわ》りのことばには、強《つよ》い故郷《こきょう》のなまりがあったので、

「そうです。」私《わたし》はふてぶてしく答《こた》えた。「あなたは？」

お巡《まわ》りはやせた顔《かお》にくるしいばかりにいっぱいの笑《え》みをたたえて、

「やあ。やはりそうでしたか。お忘《わす》れかもしれないけれど、かれこれ二十年《ねん》ちかくまえ、私《わたし》はKで馬車《ばしゃ》やをしていました。」

Kとは、私《わたし》の生《う》まれた村《むら》の名前《なまえ》である。

「ごらんの通《とお》り、」私《わたし》は、にこりともせずに応《おう》じた。「私《わたし》も、いまは落《お》ちぶれました。」

「とんでもない。」お巡《まわ》りは、なおも楽《たの》しげに笑《わら》いながら、「小説《しょうせつ》をお書《か》きなさるんだったら、それはなかなか*出世《しゅっせ》です。」

私《わたし》は苦笑《くしょう》した。

「ところで、」とお巡《まわ》りは少《すこ》し声《こえ》をひくめ、「お慶《けい》がいつもあなたのお噂《うわさ》をしています。」

戸籍《こせき》　戸《こ》（家《いえ》）ごとに戸主《しゅ》や家族《かぞく》の続柄《つづきがら》、氏名《しめい》、年齢《ねんれい》、性別《せいべつ》などを記載《きさい》した公《こう》文書《ぶんしょ》。

出世《しゅっせ》　世《よ》の中《なか》に出《で》て立派《りっぱ》な地位《ちい》、身分《みぶん》になること。

「おけい？」すぐには呑《の》みこめなかった。

「お慶《けい》ですよ。お忘《わす》れでしょう。お宅《たく》の女中《じょちゅう》をしていた――」

思《おも》い出《だ》した。ああ、と思《おも》わずうめいて、私《わたし》は玄関《げんかん》の式台《しきだい》にしゃがんだまま、頭《こうべ》をたれて、その二十年《ねん》まえ、のろくさかったひとりの女中《じょちゅう》に対《たい》しての私《わたし》の悪行《あくぎょう》が、ひとつひとつ、はっきり思《おも》い出《だ》され、ほとんど座《ざ》に耐《た》えかねた。

「幸福《こうふく》ですか？」ふと顔《かお》をあげてそんな突拍子《とっぴょうし》ない質問《しつもん》を発《はっ》する私《わたし》のかおは、たしかに罪人《ざいにん》、被告《ひこく》、卑屈《ひくつ》な笑《わら》いをさえ浮《うか》べていたと記憶《きおく》する。

「ええ、もう、どうやら。」くったくなく、そうほがらかに答《こた》えて、お巡《まわ》りはハンケチで額《ひたい》の汗《あせ》をぬぐって、「かまいませんでしょうか。こんどあれを連《つ》れて、いちどゆっくりお礼《れい》にあがりましょう。」

私《わたし》は飛《と》び上《あが》るほど、ぎょっとした。いいえ、もう、それには、とはげしく拒否《きょひ》して、私《わたし》は言《い》い知《し》れぬ屈辱感《くつじょくかん》に身《み》もだえしていた。

けれども、お巡《まわ》りは、朗《ほが》らかだった。

「子供《こども》がねえ、あなた、ここの駅《えき》につとめるようになりましてな、それが長男《ちょうなん》です。それから男《おとこ》、女《おんな》、女《おんな》、その末《すえ》のが八《やっ》つでことし小学校《しょうがっこう》にあがりました。もうひと安心《あんしん》。お慶《けい》も苦労《くろう》いたしました。なんというか、まあ、お宅《たく》のような大家《たいか》にあがって行儀見習《ぎょうぎみなら》いした者《もの》は、やはりどこか、ちがいましてな。」すこし顔《かお》を赤《あか》くして笑《わら》い、「おかげさまでした。お慶《けい》も、あなたのお噂《うわさ》、しじゅうしております。こんどの公休《こうきゅう》には、きっと一緒《いっしょ》にお礼《れい》にあがります。」急《きゅう》に真面目《まじめ》な顔《かお》になって、「それじゃ、きょうは失礼《しつれい》いたします。お大事《だいじ》に。」

それから、三日《みっか》たって、私《わたし》が仕事《しごと》のことよりも、金銭《きんせん》のことで思《おも》い悩《なや》み、うちにじっとしておれなくて、竹《たけ》のステッキを持《も》って、海《うみ》へ出《で》ようと、玄関《げんかん》の戸《と》をがらがらあけたら、外《そと》に三人《さんにん》、浴衣着《ゆかたき》た父《ちち》と母《はは》と、赤《あか》い洋服着《ようふくき》た女《おんな》の子《こ》と、絵《え》のように美《うつく》しく並《なら》んで立《た》っていた。お慶《けい》の家族《かぞく》である。

私《わたし》は自分《じぶん》でも意外《いがい》なほどの、おそろしく大《おお》きな怒声《どせい》を発《はっ》した。

「来《き》たのですか。きょう、私《わたし》これから用事《ようじ》があって出《で》かけなければなりません。お気《き》の毒《どく》ですが、またの日《ひ》においでください。」

お慶《けい》は、品《ひん》のいい中年《ちゅうねん》の奥《おく》さんになっていた。八《やっ》つの子《こ》は、女中《じょちゅう》のころのお慶《けい》によく似《に》た顔《かお》をしていて、うすのろらしい濁《にご》った眼《め》でぼんやり私《わたし》を見上《みあ》げていた。私《わたし》はかなしく、お慶《けい》がまだひとことも言《い》い出《だ》さぬうち、逃《に》げるように、海浜《かいひん》へ飛《と》び出《だ》した。

竹《たけ》のステッキで、海浜《かいひん》の雑草《ざっそう》をなぎ払《はら》いなぎ払《はら》い、いちどもあとを振《ふ》りかえらず、一歩《いっぽ》、一歩《いっぽ》、地団駄踏《じだんだふ》むような荒《すさ》んだ歩《ある》きかたで、とにかく海岸伝《かいがんづた》いに町《まち》の方《ほう》へ、まっすぐに歩《ある》いた。私《わたし》は町《まち》で何《なに》をしていたろう。ただ意味《いみ》もなく、活動小屋《かつどうごや》の絵看板《えかんばん》を見《み》あげたり、呉服屋《ごふくや》の飾《かざ》り窓《まど》を見《み》つめたり、ちえっちえっと舌打《したう》ちしては、心《こころ》のどこかの隅《すみ》で、負《ま》けた、負《ま》けた、と囁《ささや》く声《こえ》が聞《き》こえて、これはならぬとはげしくからだをゆすぶっては、また歩《ある》き、三十分《ぷん》ほどそうしていたろうか、私《わたし》はふたたび私《わたし》の家《いえ》へとって返《かえ》した。

海《うみ》ぎしに出《で》て、私《わたし》は立《た》ち止《どま》った。見《み》よ、前方《ぜんぽう》に平和《へいわ》の図《ず》がある。お慶親子三人《けいおやこさんにん》、のどかに海《うみ》に石《いし》の投《な》げっこしては笑《わら》い興《きょう》じている。声《こえ》がここまで聞《きこ》えてくる。

「なかなか、」お巡《まわ》りは、うんと力《ちから》こめて石《いし》をほうって、「頭《あたま》のよさそうな方《かた》じゃないか。あのひとは、いまに偉《えら》くなるぞ。」

「そうですとも、そうですとも。」お慶《けい》の誇《ほこ》らしげな高《たか》い声《こえ》である。「あのかたは、小《ちい》さいときからひとり変《か》わっておられた。目下《めした》のものにもそれは親切《しんせつ》に、目《め》をかけてくだすった。」

私《わたし》は立《た》ったまま泣《な》いていた。けわしい興奮《こうふん》が、涙《なみだ》で、まるで気持《きも》ちよく溶《と》け去《さ》ってしまうのだ。

負《ま》けた。これは、いいことだ。そうなければ、いけないのだ。かれらの勝利《しょうり》は、また私《わたし》のあすの出発《しゅっぱつ》にも、光《ひかり》を与《あた》える。

心《こころ》の王者《おうじゃ》

先日《せんじつ》、三田《みた》の、小《ちい》さい学生《がくせい》さんが二人《ふたり》、私《わたし》の家《いえ》に参《まい》りました。私《わたし》はあいにく加減《かげん》が悪《わる》くて寝《ね》ていたのですが、ちょっとで済《す》むお話《はなし》でしたら、と断《ことわ》って床《とこ》から抜《ぬ》け出《だ》し、*どてらの上《うえ》に羽織《はおり》を羽織《はお》って、面会《めんかい》いたしました。お二人《ふたり》とも、なかなかに行儀《ぎょうぎ》がよろしく、しかもさっさと要談《ようだん》をすまし、たちどころに引《ひ》き上《あ》げました。

つまり、この新聞《しんぶん》に随筆《ずいひつ》を書《か》けという要談《ようだん》であったわけです。私《わたし》から見《み》ると、いずれも十六、七《しち》くらいにしか見《み》えない温厚《おんこう》な少年《しょうねん》でありましたが、それでもやはり二十《はたち》を過《す》ぎておられるのでしょうね。どうも、この頃《ごろ》、人《ひと》の年齢《ねんれい》のほどが判《わか》らなくなってしまいました。十五の人《ひと》も三十の人《ひと》も四十の人《ひと》も、またあるいは五十の人《ひと》も、同《おな》じことに怒《おこ》り、同《おな》じことに笑《わら》い興《きょう》じ、また同様《どうよう》に少《すこ》しずるく、また同様《どうよう》に弱《よわ》く*卑屈《ひくつ》で、実際《じっさい》、人《ひと》の心理《しんり》ばかりを見《み》ていると、人《ひと》の年齢《ねんれい》の差別《さべつ》など、こんぐらかってきてわからなくなり、どう

どてら
主《おも》に男性用《だんせいよう》の綿《わた》を厚《あつ》く入《い》れた着物《きもの》。防寒《ぼうかん》・寝具用《しんぐよう》。

卑屈《ひくつ》
気力《きりょく》や意気地《いくじ》がなく、必要以上《ひつようじょう》に自《じ》分《ぶん》を下《さ》げること。

でもいいようになってしまうのであります。先日《せんじつ》の二人《ふたり》の学生《がくせい》さんだって、十六、七《しち》には見《み》えながら、その話《はな》しぶりには、ちょいとした駆引《かけひ》きなどもあり、なかなか*老成《ろうせい》していた箇所《かしょ》がありました。いわば、新聞編集者《しんぶんへんしゅうしゃ》として既《すで》に*一家《いっか》を成《な》していました。

お二人《ふたり》が帰《かえ》られてから私《わたし》は羽織《はおり》を脱《ぬ》ぎ、そのまま又布団《またふとん》の中《なか》にもぐりこみ、それからしばらく考《かんが》えました。今《いま》の学生諸君《がくせいしょくん》の身《み》の上《うえ》が、なんだか不憫《ふびん》に思《おも》われてきたのであります。

学生《がくせい》とは、社会《しゃかい》のどの部分《ぶぶん》にも属《ぞく》しているものではありません。また、属《ぞく》してはならないものであると考《かんが》えます。学生《がくせい》とは本来《ほんらい》、青《あお》いマントを羽織《はお》った*チャイルド・ハロルドでなければならぬと、私《わたし》は頑迷《がんめい》にも信《しん》じている者《もの》であります。

学生《がくせい》は思索《しさく》の散歩者《さんぽしゃ》であります。青空《あおぞら》の雲《くも》であります。編集者《へんしゅうしゃ》になりきってはいけない。役人《やくにん》になりきってはいけない。学者《がくしゃ》になりきってさえいけない。老成《ろうせい》の社会人《しゃかいじん》になりきることは学生《がくせい》にとって、恐《おそ》ろしい堕落《だらく》であります。学生自《がくせいみずか》らの罪《つみ》ではないのでしょう。きっと誰《だれ》かに、そう仕向《しむ》けられているのでしょう。だから私《わたし》は不憫《ふびん》だと言《い》うのであります。

それでは学生本来《がくせいほんらい》の姿《すがた》は、どのようなものであるか。それに対《たい》する答案《とうあん》として、私《わたし》は*シルレルの物語詩《ものがたりし》を一篇《いっぺん》、諸君《しょくん》に語《かた》りましょう。シルレルはもっと読《よ》まなければいけない。

今《いま》のこの時局《じきょく》においてはなおさら、おおいに読《よ》まなければいけない。おおらかな、強《つよ》

老成《ろうせい》
経験《けいけん》を積《つ》んで、精神《せい》や知識《ちしき》が豊《ゆた》かになること。また、そのさま。

一家《いっか》を成《な》して
学問《がくもん》や芸術《げいじゅつ》などで、権威《けんい》として認《みと》められること。

チャイルド・ハロルド
イギリスの詩人《しじん》、バイロンの長編詩《ちょうへんし》。転《てん》じて、当時《とうじ》のイギリスの伊達好《だてごの》み（見栄《みば》えはよいが、役《やく》に立《た》たないものを好《この》む）の風潮《ふうちょう》を表《あらわ》す言葉《ことば》。

い意志《いし》と、努《つと》めて明《あか》るい高《たか》い希望《きぼう》を持《も》ち続《つづ》ける為《ため》にも、諸君《しょくん》は今《いま》こそシルレルを思《おも》い出《だ》し、これを愛読《あいどく》するがよい。シルレルの詩《し》に、「地球《ちきゅう》の分配《ぶんぱい》」という面白《おもしろ》い一篇《いっぺん》がありますが、その大意《たいい》は、およそ次《つぎ》のようなものであります。

「受《う》け取《と》れよ、この世界《せかい》を！」と神《かみ》の父《ちち》ゼウスは天上《てんじょう》から人間《にんげん》に号令《ごうれい》した。

「受《う》け取《と》れ、これはお前《まえ》たちのものだ。お前《まえ》たちにおれは、これを遺産《いさん》として、永遠《えいえん》の領地《りょうち》として、贈《おく》ってやる。さあ、仲《なか》よく分《わ》け合《あ》うのだ。」その声《こえ》を聞《き》き、たちまち先《さき》を争《あらそ》って、手《て》のある限《かぎ》りの者《もの》は右往左往《うおうさおう》、おのれの分《わ》け前《まえ》を奪《うば》い合《あ》った。

農民《のうみん》は原野《げんや》に境界《きょうかい》の杙《くい》を打《う》ち、そこを耕《たがや》して田畑《たはた》となした時《とき》、地主《じぬし》が＊ふところ手《で》して出《で》てきて、さてうそぶいた。「その七割《ななわり》は俺《おれ》のものだ。」また、商人《しょうにん》は倉庫《そうこ》に満《み》たす物貨《ぶっか》を集《あつ》め、長老《ちょうろう》は貴重《きちょう》な古《ふる》い葡萄酒《ぶどうしゅ》を漁《あさ》り、公達《きんだち》は緑《みどり》したたる森《もり》のぐるりに早速縄《さっそくなわ》を張《は》り廻《めぐ》らし、そこを己《おの》れの楽《たの》しい狩猟《しゅりょう》と＊逢引《あいびき》の場所《ばしょ》とした。市長《しちょう》は巷《ちまた》を分捕《ぶんど》り、漁人《ぎょじん》は水辺《みずべ》におのが居《きょ》を定《さだ》めた。

すべての分割《ぶんかつ》の、とっくにすんだ後《あと》で、詩人《しじん》がのっそりやってきた。彼《かれ》は遥《はる》か遠方《えんぽう》からやってきた。ああ、その時《とき》はどこにも何《なに》もなく、すべての土地《とち》に持主《もちぬし》の名札《なふだ》が貼《は》られてしまっていた。

「ええ情《なさ》けない！　なんで私一人《わたしひとり》だけが皆《みな》から、かまってもらえないのだ。この私《わたし》が、あなたの一番忠実《いちばんちゅうじつ》な息子《むすこ》が？」と大声《おおごえ》に苦情《くじょう》を叫《さけ》びながら、彼《かれ》はゼウスの玉座《ぎょくざ》の前《まえ》に身《み》を投《な》げた。

シルレル
ドイツの詩人《しじん》、思想家《そうか》であるフリードリヒ・フォン・シラー。

ふところ手《で》して
自分《じぶん》の手《て》は引《ひ》っ込《こ》めて、人任《ひとまか》せにして何《なに》もしない状態《じょうたい》。

逢引《あいびき》
愛《あい》し合《あ》う男女《だんじょ》が人《ひと》目《め》を避《さ》けて会《あ》うこと。

「勝手《かって》に夢《ゆめ》の国《くに》で、ぐずぐずしていて、」と神《かみ》はさえぎった。「何《なに》も俺《おれ》を怨《うら》むわけがない。お前《まえ》はいったいどこにいたのだ。皆《みな》が地球《ちきゅう》を分《わ》け合《あ》っているとき。」

詩人《しじん》は答《こた》えた。「私《わたし》は、あなたのお傍《そば》に。目《め》はあなたのお顔《かお》にそそがれて、耳《みみ》は天上《てんじょう》の音楽《おんがく》に聞《き》きほれていました。この心《こころ》をお許《ゆる》しください。あなたの光《ひかり》に陶然《とうぜん》と酔《よ》って、地上《ちじょう》のことを忘《わす》れていたのを。」

ゼウスはその時《とき》やさしく言《い》った。「どうすればいい？　地球《ちきゅう》はみんなくれてしまった。秋《あき》も、狩猟《しゅりょう》も、市場《いちば》も、もう俺《おれ》のものでない。お前《まえ》がこの天上《てんじょう》に、俺《おれ》といたいなら時々《ときどき》やってこい。ここはお前《まえ》のために空《あ》けておく！」

いかがです。学生本来《がくせいほんらい》の姿《すがた》とは、即《すなわ》ちこの神《かみ》の

*寵児《ちょうじ》、この詩人《しじん》の姿《すがた》に違《ちが》いないのであります。地上《ちじょう》の営《いとな》みにおいては、何《なん》の誇《ほこ》るところがなくっても、その自由《じゆう》な高貴《こうき》の憧《あこが》れによって時々《ときどき》は神《かみ》と共《とも》にさえ住《す》めるのです。
この特権《とっけん》を自覚《じかく》したまえ。この特権《とっけん》を誇《ほこ》りたまえ。いつまでも君《きみ》に*具有《ぐゆう》している特権《とっけん》ではないのだぞ。ああ、それはほんの短《みじか》い期間《きかん》だ。その期間《きかん》をこそ大事《だいじ》になさい。必《かなら》ず自身《じしん》を汚《けが》してはならぬ。地上《ちじょう》の分割《ぶんかつ》に与《あずか》るのは、それは学校《がっこう》を卒業《そつぎょう》したら、いやでも分割《ぶんかつ》に与《あずか》るのだ。商人《しょうにん》にもなれます。編集者《へんしゅうしゃ》にもなれます。役人《やくにん》にもなれます。けれども、神《かみ》の玉座《ぎょくざ》に神《かみ》と並《なら》んで座《すわ》ることのできるのは、それは学生時代以後《がくせいじだいいご》には決《けっ》してあり得《え》ないことなのです。二度《にど》と返《かえ》らぬことなのです。
三田《みた》の学生諸君《がくせいしょくん》。諸君《しょくん》は常《つね》に「陸《りく》の王者《おうじゃ》」を歌《うた》うと共《とも》に、又《また》ひそかに「心《こころ》の王者《おうじゃ》」を以《もっ》て自任《じにん》しなければなりません。神《かみ》と共《とも》にある時期《じき》は君《きみ》の生涯《しょうがい》に、ただこの一度《いちど》であるのです。

寵児《ちょうじ》
特別《とくべつ》にかわいがられる子《こ》ども。

具有《ぐゆう》
才能《さいのう》、性質《せいしつ》、資格《しかく》などを身《み》に備《そな》え、持《も》っていること。

年譜

			太宰 治	できごと
明治	1909	0歳	六月十九日、青森県北津軽郡金木村（現・五所川原市）に、父・津島源右衛門、母・たねの六男として生まれる。本名は津島修治。生家は津軽の大地主。	
大正	1914	5歳		第一次世界大戦起こる。
	1916	7歳	金木第一尋常小学校に入学。六年間首席を通す。	
	1918	9歳		第一次世界大戦終結。
	1923	14歳	三月、父死去。四月、旧制青森中学校に入学。	関東大震災起こる。
	1925	16歳	級友との回覧雑誌「星座」に小説その他を発表。秋・同人雑誌「蜃気楼」を創刊。	
昭和	1927	18歳	中学校を四年で修了し、旧制弘前高等学校文科に入学。尊敬していた芥川龍之介の自殺にショックを受ける。	
	1929	20歳	弟・礼治病死す。思想的な苦悶、学業成績の問題がからんで、自殺をはかり、未遂。	世界恐慌起こる。
	1930	21歳	東京帝国大学（現・東京大学）仏文科に入学。井伏鱒二を訪れ、以後長く師事した。鎌倉小動崎の海岸で睡眠薬心中をはかり、太宰のみ助かる。	
	1933	24歳	同人雑誌「海豹」に参加。創刊号に「魚服記」を発表。	
	1934	25歳	今官一、中原中也らとはじめた同人雑誌「青い花」創刊号に、「ロマネスク」発表。創刊号のみで廃刊。	

		翌年五月、佐藤春夫、萩原朔太郎らの『日本浪曼派』に合流。	
1935	26歳	鎌倉の山中で縊死をはかったが失敗。「逆行」が第一回芥川賞候補作となる。	
1936	27歳	第一創作集『晩年』を砂子屋書房より刊行。	二・二六事件起こる。
1937	28歳	水上温泉で心中をはかったが失敗。「二十世紀旗手」を発表。	
1938	29歳	九月、井伏鱒二がいた山梨県河口村（現・富士河口湖町）の御坂峠の天下茶屋に移る。井伏を介して石原美知子と見合いし婚約する。	
1939	30歳	一月、井伏家で結婚式をあげ、甲府市御崎町に住む。「富嶽百景」＊「**畜犬談**」を発表。九月、三鷹村（現・東京都三鷹市）に転居。	第二次世界大戦起こる。
1940	31歳	＊「**走れメロス**」を『新潮』に発表。十二月、＊「**女生徒**」で第四回北村透谷賞を受賞。	
1941	32歳		太平洋戦争起こる。
1944	35歳	＊「**雪の夜の話**」を『少女の友』に発表。	
1945	36歳	空襲の下で、「お伽草紙」を執筆し、筑摩書房より刊行。空襲が激しくなり、甲府、津軽へと疎開する。	広島・長崎に原爆投下。無条件降伏。終戦。
1947	38歳	「斜陽」を『新潮』に連載、十月完結。胸部疾患の病状悪化。	
1948	39歳	「人間失格」の執筆に専念し、五月に完成。六月十三日、玉川上水に入水して心中。三鷹の禅林寺に葬られる。	

「太宰治《だざいおさむ》」文学《ぶんがく》の世界《せかい》

安藤《あんどう》 宏《ひろし》
（東京大学名誉教授《とうきょうだいがくめいよきょうじゅ》）

『新潮《しんちょう》』に掲載《けいさい》された「走《はし》れメロス」（昭和《しょうわ》15年《ねん》5月《がつ》）。

（本名《ほんみょう》・津島修治《つしましゅうじ》）
（1909年《ねん》～1948年《ねん》）
現在《げんざい》の青森県《あおもりけん》
五所川原市《ごしょがわらし》生まれ

『人間失格《にんげんしっかく》』の初版本表紙《しょはんほんひょうし》。

太宰治《だざいおさむ》は、近代《きんだい》を代表《だいひょう》する小説家《しょうせつか》の一人《ひとり》です。代表作《だいひょうさく》の『人間失格《にんげんしっかく》』は一九四八年《ねん》に発表《はっぴょう》されてから今日《きょう》にいたるまで、ゆうに一千万部《いっせんまんぶ》以上《いじょう》が売《う》れたといわれています。いまでも文庫本《ぶんこほん》は、純文学《じゅんぶんがく》の隠《かく》れたベストセラーです。中学《ちゅうがく》や高校《こうこう》の国語《こくご》の教科書《きょうかしょ》では「走《はし》れメロス」や「富嶽百景《ふがくひゃっけい》」などが採用《さいよう》されており、それをきっかけに太宰治《だざいおさむ》のファンになった人《ひと》も多《おお》いことでしょう。日本《にほん》だけではありません。太宰治《だざいおさむ》の作品《さくひん》は世界《せかい》六〇カ国《こく》以上《いじょう》で翻訳《ほんやく》されており、中国《ちゅうごく》や韓国《かんこく》でも読者《どくしゃ》が多《おお》く、まさに「世界文学《せかいぶんがく》」の名《な》に値《あたい》する存在《そんざい》なのです。

旧制《きゅうせい》弘前《ひろさき》高等学校《こうとうがっこう》入学《にゅうがく》当時《とうじ》。左《ひだり》から兄《あに》の文治《ぶんじ》、藤田《ふじた》昌次郎《しょうじろう》、甥《おい》の津島《つしま》逸朗《いつろう》、太宰《だざい》、弟《おとうと》の礼治《れいじ》、藤田本太郎《ふじたもとたろう》。

小学校《しょうがっこう》の頃《ころ》、自宅《じたく》の庭《にわ》で。左《ひだり》から甥《おい》の逸朗《いつろう》（次姉《しし》トシの長男《ちょうなん》）、弟《おとうと》の礼治《れいじ》、太宰《だざい》。

太宰治《だざいおさむ》の文章《ぶんしょう》の魅力《みりょく》は、そのわかりやすい「語《かた》り口《くち》」にあります。読者《どくしゃ》に直接《ちょくせつ》呼《よ》びかけ、話《はな》しかけてくる性格《せいかく》を持《も》っている。「君《きみ》だけはわかってくれるにちがいない」という形《かたち》でささやきかけてくるその文体《ぶんたい》は独特《どくとく》のもので、これによって、読《よ》み手《て》は「太宰治《だざいおさむ》のことを本当《ほんとう》に理解《りかい》しているのは自分《じぶん》だけなのだ」という気持《きも》ちを思《おも》わず抱《いだ》いてしまう。読《よ》み手《て》の反応《はんのう》を予想《よそう》し、心《こころ》づくしのサービスをしてくれるわけですね。

太宰治《だざいおさむ》は「優《やさ》しさ」にとてもこだわりました。「優《ゆう》」という字《じ》は人《ひと》に優《すぐ》れるという意味《いみ》ですが、大切《たいせつ》なのは人偏《にんべん》に「憂《うれ》う」と書《か》いて「優《やさ》しい」と読《よ》む点《てん》にあります。つまり人《ひと》の身《み》を憂《うれ》うること、人《ひと》の淋《さび》しさや悲《かな》しさに敏感《びんかん》であることが「優《やさ》しさ」の条件《じょうけん》であり、それが人間《にんげん》として「優《すぐ》れて」いることの証《あかし》でもあるのです。

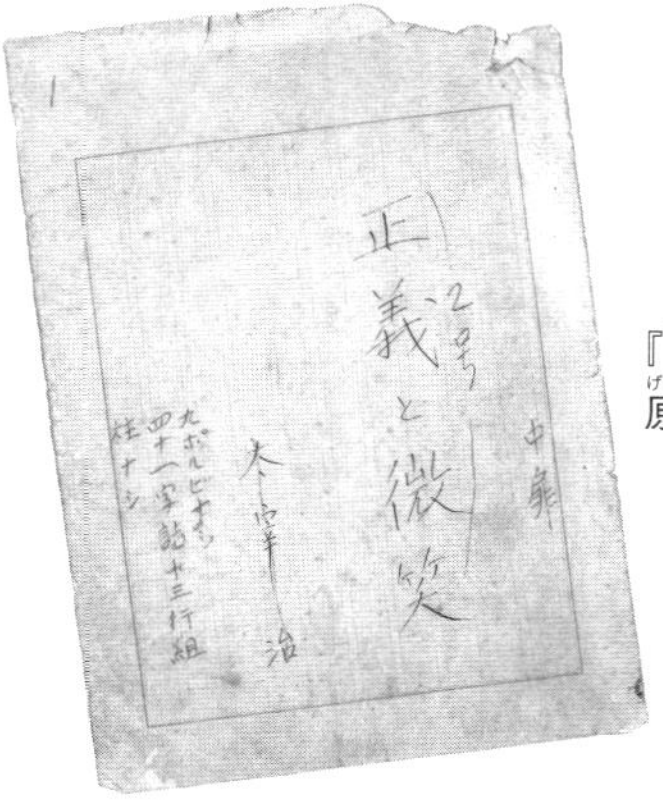

『正義《せいぎ》と微笑《びしょう》』の原稿《げんこう》の冒頭《ぼうとう》。

『女生徒《じょせいと》』の初版本表《しょはんぼんひょう》紙《し》と「文學界《ぶんがくかい》」に掲載《けいさい》された「女生徒《じょせいと》」。

また、優《やさ》しい人《ひと》の表情《ひょうじょう》にはいつも「はにかみ」が表《あらわ》れている、ともいっています。一方的《いっぽうてき》な自己主張《じこしゅちょう》には「はにかみ」がない。相手《あいて》の思《おも》いに寄《よ》り添《そ》って考《かんが》えようとすると、どうしてもとまどいが生《しょう》じ、そこに「はにかみ」の本質《ほんしつ》があるというのです。

太宰治《だざいおさむ》の作品《さくひん》は、小説《しょうせつ》の「舞台裏《ぶたいうら》」を読者《どくしゃ》に解《と》き明《あ》かしてくれるものが多《おお》くあります。たとえば「道化《どうけ》の華《はな》」（一九三五年発表《ねんはっぴょう》）では、「僕《ぼく》」、つまり小説《しょうせつ》を書《か》いている本人《ほんにん》が直接顔《ちょくせつかお》を出《だ》すのです。小《しょう》説《せつ》を書《か》きながら、本当《ほんとう》はもっとこう書《か》くはずだったのにそれができないのを許《ゆる》してほしいとか、この小説《しょうせつ》はこういうところがいけないと思《おも》うとか……。これによって読者《どくしゃ》は、小説《しょうせつ》が書《か》き上《あ》げられていく現場《げんば》に立《た》ち会《あ》っているような臨場感《りんじょうかん》を味《あじ》わうことになります。

また、太宰《だざい》はパロディの名手《めいしゅ》でもありました。パロディは、すでに知《し》られている作品《さくひん》の「作《つく》り替《か》え」です。どこをどう変《か》えたのかがわかるように書《か》かれている。たとえば「女《おんな》の決闘《けっとう》」は、ドイツの小説《しょうせつ》家《か》の短編《たんぺん》が全文引用《ぜんぶんいんよう》してあって、それを太宰《だざい》と思《おぼ》しき小説家《しょうせつか》が自由《じゆう》に作《つく》り替《か》えていく物語《ものがたり》です。読者《どくしゃ》は作者《さくしゃ》とともに「小《しょう》説《せつ》づくり」に参加《さんか》しているような気持《きも》ちになれるわけですね。

ユーモア、笑《わら》いの要素《ようそ》もまた、太宰治《だざいおさむ》の文学《ぶんがく》の大《おお》きな魅力《みりょく》の一《ひと》つです。太宰《だざい》の描《えが》く登場人物《とうじょうじんぶつ》たちの多《おお》くには、どこかいいしれぬおかしみが漂《ただよ》っています。たとえば「畜犬談《ちくけんだん》」。小説家《しょうせつか》の「私《わたし》」は犬《いぬ》が大嫌《だいきら》いだと公言《こうげん》していますが、それはウソで、作中《さくちゅう》のポチをとても愛《あい》している様《よう》子《す》が伝《つた》わってきます。

もう一《ひと》つ、太宰《だざい》が得意《とくい》にしていた文体《ぶんたい》

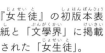

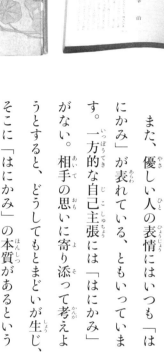

右《みぎ》：太宰治記念館《だざいおさむきねんかん》「斜陽館《しゃようかん》」（生家《せいか》）。1階《かい》11室《しつ》278坪《つぼ》、2階《かい》8室《しつ》116坪《つぼ》、宅地約《たくちやく》680坪《つぼ》の大邸宅《だいていたく》。他《ほか》に米蔵《こめぐら》、文庫蔵《ぶんこぐら》などがあり、周囲《しゅうい》に高《たか》さ4m余《あま》りの赤煉瓦塀《あかれんがべい》をめぐらした。
左《ひだり》：和洋折衷《わようせっちゅう》の2階《かい》に昇《のぼ》る階段《かいだん》。

に「女《おんな》がたり」があります。たとえば「女生徒《じょせいと》」は、女性《じょせい》の愛読者《あいどくしゃ》が太宰《だざい》に送《おく》ってきた自分《じぶん》の日記《にっき》を、太宰《だざい》がある一日《いちにち》の出来事《できごと》に書《か》きかえ、アレンジした小説《しょうせつ》です。大人《おとな》と少女《しょうじょ》の中間《ちゅうかん》にあるみずみずしい感性《かんせい》が、そのまま伝《つた》わってくるようです。

太宰治《だざいおさむ》は、「自分《じぶん》がいかにダメか」を語《かた》り続《つづ》けた人《ひと》でした。自分《じぶん》の弱《よわ》さを隠《かく》さない。これはおそらく、太宰《だざい》の読者《どくしゃ》が比《ひ》較的十代《かくてきじゅうだい》の若《わか》い人《ひと》に多《おお》いことにも関係《かんけい》があるでしょう。思春期《ししゅんき》というのは、自分《じぶん》の弱点《じゃくてん》やコンプレックスに一番敏感《いちばんびんかん》な時期《じき》でもあります。外《そと》から見《み》ていて何《なん》もそこまで思《おも》いつめることはないのにと思《おも》うぐらい、自分《じぶん》の弱点《じゃくてん》を気《き》にしてしまう。けれども太宰《だざい》の小説《しょうせつ》を読《よ》むと、自分《じぶん》の欠点《けってん》が、人間誰《にんげんだれ》もが持《も》っている共通《きょうつう》の弱《よわ》さなのだということに気《き》がつく。何《なん》か、ほっとしたような気持《きも》ちになるのです。弱《よわ》さを隠《かく》さない強《つよ》さ、とでもいったらよいのでしょうか。太宰治《だざいおさむ》というのは、つくづく不思議《ふしぎ》な作家《さっか》だと思《おも》います。

彼《かれ》の生《お》い立《た》ちについて触《ふ》れてみましょう。

出身地《しゅっしんち》は青森県《あおもりけん》の北津軽郡《きたつがるぐん》で、一九〇九年《ねん》の生《う》まれです。太宰《だざい》の育《そだ》った金木村《かなぎむら》（現《げん》・五所川原市《ごしょがわらし》）は津軽半島《つがるはんとう》にあり、本州《ほんしゅう》の北端《ほくたん》の豪雪地帯《ごうせつちたい》です。家《いえ》は県下有数《けんかゆうすう》の大地主《おおじぬし》で、六百坪《ろっぴゃくつぼ》にも及《およ》ぶ大豪邸《だいごうてい》に住《す》んでいました。邸宅《ていたく》は現在《げんざい》、国《くに》の重要《じゅうよう》文化財《ぶんかざい》に指定《してい》されていて「太宰治記念館《だざいおさむきねんかん》『斜陽館《しゃようかん》』」の名《な》で親《した》しまれています。

本名《ほんみょう》は津島修治《つしましゅうじ》。津島家《つしまけ》は幕末明治《ばくまつめいじ》になって急速《きゅうそく》に財力《ざいりょく》を付《つ》けた新興商人地主《しんこうしょうにんじぬし》で、父《ちち》の源右衛門《げんえもん》は貴族院議員《きぞくいんぎいん》でした。

太宰《だざい》は成績優秀《せいせきゆうしゅう》で、旧制青森中学《きゅうせいあおもりちゅうがく》（現在《げんざい》の県立青森高校《けんりつあおもりこうこう》）、旧制弘前高校《きゅうせいひろさきこうこう》（現《げん》

太宰《だざい》の下宿先《げしゅくさき》の長男《ちょうなん》、藤田本太郎《ふじたもとたろう》が小型《こがた》カメラで撮影《さつえい》した１枚《まい》。

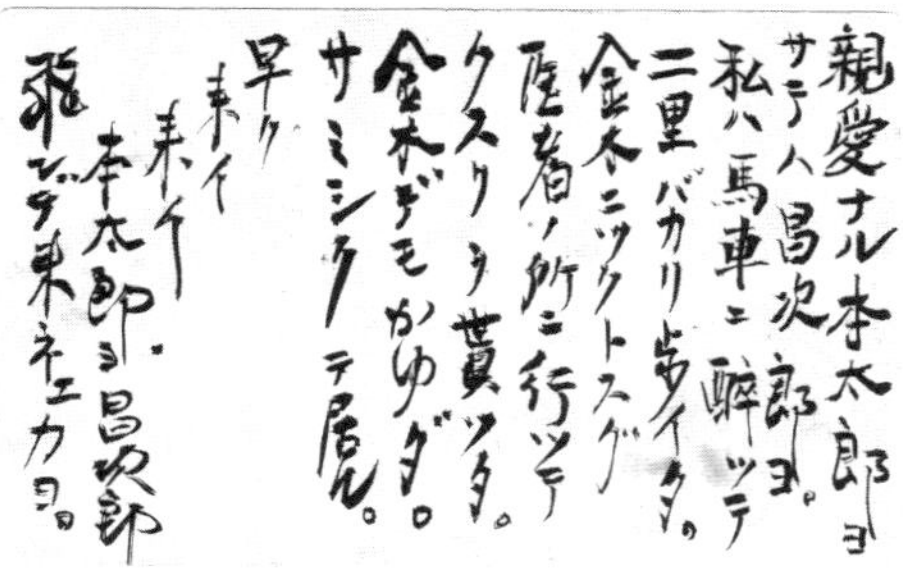

親愛ナル本太郎ヨ
サテハ昌次郎ヨ。
私ハ馬車ニ酔ッテ
二里バカリ歩イタ。
金木ニツクトスグ
医者ノ所ニ行ッテ
クスリヲ貰ッタ。
金木デモかゆダ。
サミシクテ居ル。
早ク
来イ
本太郎ヨ昌次郎
遊ビニ来ネエカヨ。

現在確認《げんざいかくにん》されている太宰《だざい》の最《もっと》も古《ふる》い手紙《てがみ》。旧制弘前高等学校《きゅうせいひろさきこうとうがっこう》１年《ねん》の夏休《なつやす》みに帰省《きせい》した太宰《だざい》が、下宿先《げしゅくさき》の藤田家《ふじたけ》の長男《ちょうなん》（本太郎《もとたろう》）と次男《じなん》（昌次郎《しょうじろう》）に宛《あ》てたはがき。

在《ざい》の弘前大学《ひろさきだいがく》）に進学《しんがく》しています。ただこの頃《ころ》から、大地主《おおじぬし》の子《こ》として、「自分《じぶん》が不当《ふとう》に恵《めぐ》まれて育《そだ》った」という思《おも》いを持《も》つようになります。すでに小説《しょうせつ》（習作《しゅうさく》）を書《か》き始《はじ》めていましたが、周囲《しゅうい》や肉親《にくしん》へのコンプレックスを綴《つづ》ったものが多《おお》く、決《けっ》してすぐれた出来《でき》であるとはいえません。その意味《いみ》でも太宰治《だざいおさむ》は決《けっ》して「早熟《そうじゅく》の天才《てんさい》」ではなく、小説家《しょうせつか》になるために地道《じみち》な努力《どりょく》を続《つづ》けた人《ひと》でもあったわけです。

太宰《だざい》は一九三〇年《ねん》に上京《じょうきょう》し、東京帝国《とうきょうていこく》大学文学部仏蘭西文学科《だいがくぶんがくぶフランスぶんがくか》に進学《しんがく》、一九三二年頃《ねんごろ》からいよいよ本格的《ほんかくてき》な創作活動《そうさくかつどう》に入《はい》ります。三年後《さんねんご》には第一回芥川賞候補《だいいっかいあくたがわしょうこうほ》になり、文壇《ぶんだん》で名《な》を知《し》られるようになりました。「道化《どうけ》の華《はな》」もこの時期《じき》の作品《さくひん》ですが、作中《さくちゅう》でみずから「言《い》い訳《わけ》」をしていくそのスタイルのために、その後《あと》、小説《しょうせつ》の形《かたち》が次第《しだい》に崩《くず》れていってしまいます。これに並行《へいこう》して実生活《じっせいかつ》でもさまざまなトラブルに見舞《みま》われるようになります。

太宰《だざい》がここから立《た》ち直《なお》るきっかけとなったのが、一九三九年《ねん》に発表《はっぴょう》された「富嶽百景《ふがくひゃっけい》」でした。「富士《ふじ》には月見草《つきみそう》がよく似合《にあ》う」という一句《いっく》が有名《ゆうめい》になりますが、これは単《たん》に情景《じょうけい》としての美《うつく》しさだけを述《の》べているわけではありません。「富士《ふじ》」は現実《げんじつ》の象徴《しょうちょう》で、その中《なか》でけなげに、ささやかに生《い》きていく自分《じぶん》の決意《けつい》を、片隅《かたすみ》でひっそりと咲《さ》く「月見草《つきみそう》」に託《たく》したのです。以後《いご》、明《あか》るく、安定《あんてい》した作風《さくふう》——たとえば「走《はし》れメロス」などに変化《へんか》していくことになります。

この時期《じき》はちょうど、日本《にほん》が第二次世界大戦《だいにじせかいたいせん》に移行《いこう》していく時期《じき》でもありました。戦争《せんそう》の中《なか》で、太宰《だざい》は自分《じぶん》がいかに取《と》るに足《た》りない存在《そんざい》であるかをわざと強調《きょうちょう》

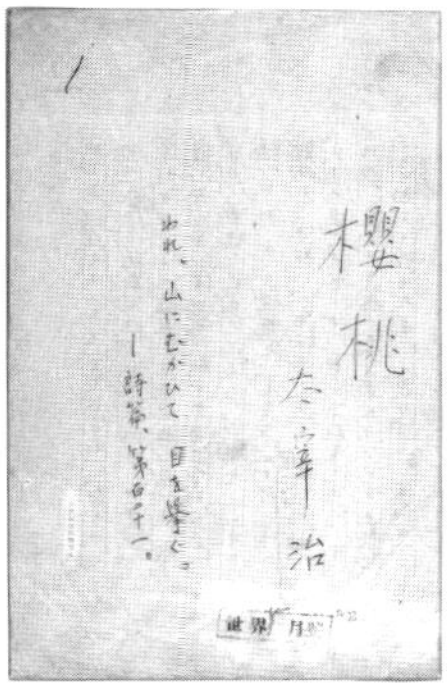

左《ひだり》：「桜桃《おうとう》」の原稿《げんこう》の冒頭《ぼうとう》。
下《した》：三鷹《みたか》にて（昭和《しょうわ》19年《ねん》）。

太宰《だざい》と美知子夫人《みちこふじん》。北《きた》多摩郡三鷹町《たまぐんみたかまち》（現三鷹《げんみたか》市《し》）下連雀《しもれんじゃく》の自宅前《じたくまえ》で（昭和《しょうわ》15年《ねん》8月《がつ》）。

し、そんな自分《じぶん》でもせめて……という形《かたち》で芸術《げいじゅつ》の砦《とりで》を守《まも》ろうとします。しかし大《たい》戦後《せんご》になるとこうした語《かた》り方《かた》がうまくいかなくなり、同時《どうじ》に健康《けんこう》を損《そこ》ね、「人間《にんげん》失格《しっかく》」を完成《かんせい》したあと、昭和《しょうわ》二三年《ねん》六月《がつ》に、三八歳《さい》の若《わか》さでみずから命《いのち》を絶《た》ってしまうのです。

このように太宰《だざい》が活動《かつどう》したのは、昭和《しょうわ》の前半《ぜんはん》の激動《げきどう》の時代《じだい》でもありました。県《けん》下有数《かゆうすう》の大地主《おおじぬし》の家《いえ》に生《う》まれたことを気《き》に病《や》んだり、戦後《せんご》は一転《いってん》して、農地改革《のうちかいかく》で生家《せいか》が没落《ぼつらく》していくのを目《ま》の当《あ》たりにしたり……。戦禍《せんか》をくぐり抜《ぬ》け、困難《こんなん》な時代《じだい》を生《い》きたかと思《おも》うと、戦後《せんご》の新時代《しんじだい》に反発《はんぱつ》を強《つよ》め、ある意味《いみ》で、彼《かれ》は時代《じだい》の痛《いた》ましい犠牲者《ぎせいしゃ》だったともいえるでしょう。しかしあえていえば、困難《こんなん》な時代《じだい》だったからこそ、それをバネにすぐれた作《さく》品《ひん》を書《か》くことができたのかもしれません。

人《ひと》は成長《せいちょう》するにつれ、目先《めさき》の利害《りがい》に追《お》われてしまうようになる。「優《やさ》しさ」であるとか「恥《は》じらい」であるとか、そうしたものの価値《かち》をついつい忘《わす》れてしまいがちです。人間誰《にんげんだれ》もが持《も》つ弱《よわ》さ、それを共有《きょうゆう》しながら共《とも》に生《い》きていくことの大切《たいせつ》さを伝《つた》えてくれる点《てん》にこそ、太宰治《だざいおさむ》の文《ぶん》学《がく》の価値《かち》があるのではないでしょうか。

解説《かいせつ》

安藤《あんどう》宏《ひろし》

走《はし》れメロス

中学校《ちゅうがっこう》の国語《こくご》の教科書《きょうかしょ》に採用《さいよう》されていることもあり、太宰《だざい》の小説《しょうせつ》の中《なか》でもっともよく知《し》られた作品《さくひん》です。暴政《ぼうせい》で民《たみ》を苦《くる》しめる王《おう》は、これをいさめるメロスを処刑《しょけい》しようとするのですが、メロスは妹《いもうと》の結婚式《けっこんしき》をあげるため、友人《ゆうじん》のセリヌンティウスを人質《ひとじち》において出発《しゅっぱつ》します。三日以内《みっかいない》に帰《かえ》らなければ友人《ゆうじん》は処刑《しょけい》されてしまう。途中《とちゅう》でさまざまな困難《こんなん》に出会《であ》うのですが、刻限《こくげん》ギリギリに間《ま》に合《あ》い、メロスは友人《ゆうじん》と抱擁《ほうよう》します。それを見《み》た王《おう》は、人間《にんげん》の信実《しんじつ》は決《けっ》してウソではなかったことを知《し》り、感動《かんどう》して二人《ふたり》を許《ゆる》すのでした。古代《こだい》ギリシャの説話《せつわ》をドイツのシラーという文学者《ぶんがくしゃ》が物語《ものがたり》にし、それをさらに太宰《だざい》が書《か》き換《か》えたのが「走《はし》れメロス」です。

雪《ゆき》の夜《よ》の話《はなし》

人間《にんげん》は眼《め》の網膜《もうまく》に、それまで見《み》た美《うつく》しい風景《ふうけい》を保存《ほぞん》し、蓄《たくわ》えておくことができるのではないか、というお話《はなし》です。昔《むかし》、デンマークの医者《いしゃ》が、難破《なんぱ》して水死《すいし》した水夫《すいふ》の眼球《がんきゅう》を調《しら》べたところ、灯台守《とうだいもり》の一家《いっか》の楽《たの》しい団《だん》らんが残《のこ》されていたとのこと。窓枠《まどわく》にしがみついたものの、自分《じぶん》が今《いま》、助《たす》けを求《もと》めれば一家《いっか》の団《だん》らんがこわれてしまう。迷《まよ》っているうちに波《なみ》に流《なが》されてしまったのではないか、というのです。もしそうだとしたら、その水夫《すいふ》はこの世《よ》で一番気高《いちばんけだか》く、優《やさ》しい人《ひと》であったにちがいない。主人公《しゅじんこう》の少女《しょうじょ》は兄夫婦《あにふうふ》と三人暮《さんにんぐ》らし。小説家《しょうせつか》の兄《あに》からこの話《はなし》を聞《き》いて、兄嫁《あによめ》に自分《じぶん》が雪《ゆき》の夜《よ》に見《み》た美《うつく》しい風景《ふうけい》を伝《つた》えてあげたい、と、考《かんが》えるのでした。

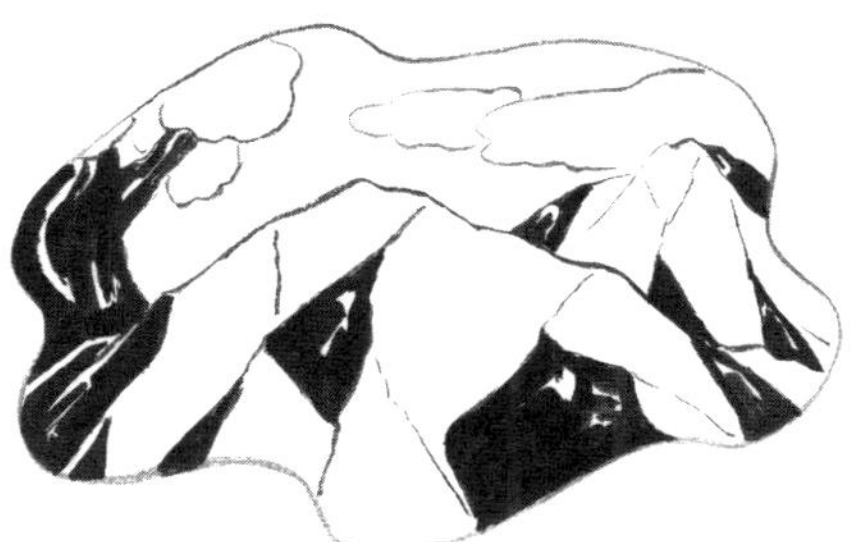

猿《さる》ヶ島《がしま》

日本猿《にほんざる》の「私《わたし》」は海《うみ》を越《こ》え、霧深《きりぶか》い島《しま》に到着《とうちゃく》します。目《め》の前《まえ》には人間《にんげん》たちが歩《ある》いているのですが、親《した》しくなった仲間《なかま》の猿《さる》は、彼等《かれら》は見世物《みせもの》だ、と教《おし》えてくれます。しかし、実《じつ》はそこはロンドンの動物園《どうぶつえん》で、見世物《みせもの》は自分《じぶん》たちなのでした。仲間《なかま》の猿《さる》は、とらわれの身《み》でも生活《せいかつ》は保障《ほしょう》されている、とさとします。けれども「私《わたし》」は彼《かれ》を誘《さそ》い、あえて逃亡《とうぼう》を試《こころ》みるのでした。当初《とうしょ》、何《なに》もわからなかった「私《わたし》」が次第《しだい》にいろいろなことに気《き》づいていくプロセスをたどってみましょう。ありきたりの生活《せいかつ》に飼《か》い慣《な》らされてはいけない、という強《つよ》い主張《しゅちょう》が見《み》えてきます。

失敗園《しっぱいえん》

作者《さくしゃ》の自宅《じたく》の庭《にわ》の小《ちい》さな畑《はたけ》には、とうもろこし、トマト、クルミの苗《なえ》、ネムの苗《なえ》、にんじん、だいこん、綿《めん》の苗《なえ》、へちま、薔薇《ばら》、ねぎ、花《はな》の咲《さ》かぬ矢車草《やぐるまそう》などが植えられています。結局《けっきょく》どれもうまく育《そだ》たず、口々《くちぐち》に不《ふ》平不満《へいふまん》を言《い》い合《あ》うのですが、それぞれ男言葉《おとこことば》、女言葉《おんなことば》で自己主張《じこしゅちょう》しあう様子《ようす》がとてもおもしろい。一見《いっけん》、まるでばらばらなのですが、無秩序《むちつじょ》の中《なか》にも、独自《どくじ》のハーモニーがかもし出《だ》されているようです。きちんとした畑《はたけ》で「優等生《ゆうとうせい》」たちが整然《せいぜん》と並《なら》んでいるよりも、出来《でき》の悪《わる》い生徒《せいと》たちが楽《たの》しく暮《く》らしている様子《ようす》がほほえましい。それにしても自分《じぶん》の庭《にわ》を題《だい》材《ざい》に、これだけの見立《みた》てができるって、素晴《すば》らしいですね。

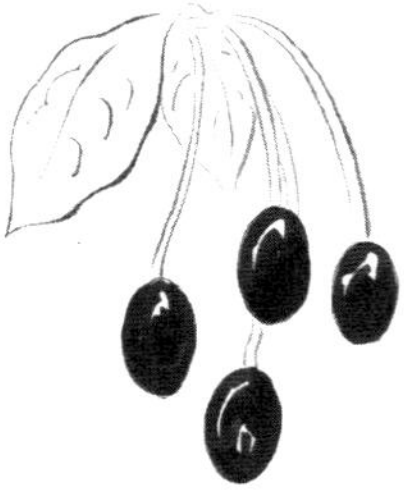

女生徒《じょせいと》

これは太宰治《だざいおさむ》の愛読者《あいどくしゃ》の女性《じょせい》が太《だ》宰《ざい》に日記《にっき》を送《おく》り、それを太宰《だざい》が一日《いちにち》のできごとにまとめ直《なお》した小説《しょうせつ》です。ある一人《ひとり》の女学生《じょがくせい》が、朝《あさ》、目覚《めざ》めてから夜《よる》、寝《ね》るまでの一日《いちにち》が日記形式《にっきけいしき》で書《か》かれているのですが、別《べつ》に特《とく》に何《なに》か変《か》わった事件《じけん》が起《お》こるわけではありません。登校《とうこう》して授業《じゅぎょう》を受《う》けて、下校《げこう》する。ごく当《あ》たり前《まえ》の日常《にちじょう》なのですが、その中《なか》で感《かん》じたこと、考《かんが》えたことが、思《おも》い浮《う》かぶままに、素直《すなお》に書《か》き連《つら》ねられていきます。太宰治《だざいおさむ》が得意《とくい》にした、若《わか》い女性《じょせい》の告白体《こくはくたい》なのですが、子供《こども》から大人《おとな》に感《かん》じ方《かた》が変《か》わっていくその一瞬一瞬《いっしゅんいっしゅん》の感受性《かんじゅせい》のきらめきが、とても魅力的《みりょくてき》ですね。自分《じぶん》が「少女《しょうじょ》」であることのプライドがごく自然《しぜん》に伝《つた》わってきます。

畜犬談《ちくけんだん》

小説家《しょうせつか》の「私《わたし》」は犬《いぬ》が嫌《きら》いです。犬《いぬ》は臆病《おくびょう》だし。飼《か》い主《ぬし》の思惑《おもわく》を気《き》にしたり、まるで人間《にんげん》の嫌《いや》なところをそのまま表《あらわ》しているようです。ある時《とき》、飼《か》っているポチがみにくい皮膚《ひふ》病《びょう》になってしまい、殺処分《さつしょぶん》するために家《いえ》から連《つ》れ出《だ》すことになりました。途中《とちゅう》でポチは赤毛《あかげ》の犬《いぬ》に背後《はいご》から襲《おそ》われるのですが「私《わたし》」は、思《おも》わず応《おう》援《えん》している自分《じぶん》に気《き》がつきます。その時《とき》「私《わたし》」は、もともと芸術家《げいじゅつか》は弱《よわ》い者《もの》の見方《みかた》だったのだ、ということに思《おも》い至《いた》るのでした。実《じつ》は「私《わたし》」は、もともとポチのことが好《す》きだったのでしょう。わざとその逆《ぎゃく》を言《い》い張《は》ってみせるユーモラスな語《かた》り口《くち》や、日《ひ》頃人間《ごろにんげん》に対《たい》して感《かん》じている思《おも》いが犬《いぬ》を通《とお》して伝《つた》わってくるおもしろさを楽《たの》しみましょう。

黄金風景《おうごんふうけい》

「私《わたし》」は今《いま》は貧《まず》しい自活《じかつ》の生活《せいかつ》をしていますが、もとは使用人《しようにん》を抱《かか》える大《おお》きな家《いえ》に育《そだ》ちました。ある時《とき》巡査《じゅんさ》が戸籍調《こせきしら》べに「私《わたし》」の家《いえ》を訪問《ほうもん》するのですが、実《じつ》はその人《ひと》は、かつて「私《わたし》」の家《いえ》で働《はたら》いていた、お慶《けい》という女中《じょちゅう》と結婚《けっこん》していたのでした。三《みっ》日《か》後《ご》、お慶一家《けいいっか》が「私《わたし》」をたずねてきます。実《じつ》は「私《わたし》」はお慶《けい》をいじめていた記憶《きおく》があり、それを思《おも》い出《だ》すとつらくなって、こっそり逃《に》げ出《だ》してしまうのでした。ところがお慶《けい》が家族《かぞく》に「私《わたし》」のことを説明《せつめい》している声《こえ》が聞《き》こえてくる。あの方《かた》は小《ちい》さいときから目下《めした》の者《もの》にとても親切《しんせつ》だったというのです。それを聞《き》いた「私《わたし》」は思《おも》わず泣《な》きだしてしまう。人《ひと》の好意《こうい》や温《あたた》かさが、しみじみと伝《つた》わってくるお話《はなし》ですね。

心《こころ》の王者《おうじゃ》

大学生《だいがくせい》が小説家《しょうせつか》の「私《わたし》」の家《いえ》に随《ずい》筆執筆《ひっしっぴつ》の依頼《いらい》に来《き》ます。若《わか》さに似合《にあ》わず、大人《おとな》としてしっかりしすぎていることに、「私《わたし》」は内心不満《ないしんふまん》を感《かん》じます。職業人《しょくぎょうじん》としてふるまうのは卒業《そつぎょう》して社会《しゃかい》に出《で》てからでも遅《おそ》くはない。むしろ学生《がくせい》は社会人《しゃかいじん》になりきってしまってはいけないのだ。世間《せけん》的《てき》な利害《りがい》、損得《そんとく》に関《かか》わる前《まえ》に、まず、学生《がくせい》としての特権《とっけん》を自覚《じかく》して欲《ほ》しい。物質的《ぶっしつてき》なことよりも、精神的《せいしんてき》な意味《いみ》で「心《こころ》の王者《おうじゃ》」になってほしい。いずれは商人《しょうにん》にもなれるし、編集者《へんしゅうしゃ》にもなれる。けれども芸術《げいじゅつ》の世界《せかい》に住《す》み、目先《めさき》の思惑《おもわく》や利害《りがい》にとらわれず、心《こころ》の自由《じゆう》を追求《ついきゅう》できるのは今《いま》だけなのだ、と思《おも》うのでした。作者《さくしゃ》から若《わか》い人《ひと》たちに向《む》けて発《はっ》せられた大切《たいせつ》なメッセージです。

太宰 治

1909年青森県金木村（現・五所川原市金木町）生まれ。本名は津島修治。東京帝国大学仏文科中退。1935年、「逆行」が、第1回芥川賞の次席となり、翌年、第一創作集『晩年』を刊行。20代の頃には、度々自殺をはかるが生き延びる。1939年、井伏鱒二の世話で石原美知子と結婚。「富嶽百景」「走れメロス」など多くの作品を生み出す。戦後、「斜陽」などで流行作家となるが、1948年「人間失格」を完成させた翌月、玉川上水にて心中をはかりこの世を去る。

北澤平祐

イラストレーター。横浜市生まれ。東京都在住。アメリカに16年間在住後、帰国。イラストレーターとしての活動を開始。書籍装画や広告、パッケージなど国内外の幅広い分野で活躍中。手がけた絵本に『ひげがながすぎるねこ』（講談社）、『ルッコラのちいさなさがしものやさん』（白泉社）、『ぼくとねこのすれちがい日記』（ホーム社）、絵を担当した絵本に『こはるとちはる』（作：白石一文、岩崎書店）など多数。作品集に『The Current 北澤平祐作品集』（玄光社）がある。

安藤 宏

東京大学で長らく教鞭を執り、現在、同名誉教授。専門は太宰治を中心とする日本の近代小説。博士（文学）。受賞歴は日本学士院賞（2024年）ほか。著書に、『「私」をつくる―近代小説の試み』（岩波新書、2015年）、『日本近代小説史』（新装版、中公選書、2020年）、『太宰治論』（東京大学出版会、2021年）などがある。

装丁　阿部美樹子

編集協力　石川千歳

100年読み継がれる名作

太宰治短編集 走れメロス・女生徒など

発行日　2024年12月30日　初版第1刷発行

著――太宰 治
絵――北澤平祐
監修――安藤 宏
発行者――岸 達朗
発行――株式会社世界文化社
〒102-8187
東京都千代田区九段北四―二―二九
電話　03（3262）6632（編集部）
　　　03（3262）5115（販売部）

印刷・製本――TOPPANクロレ株式会社

ISBN978-4-418-24837-7

写真提供・協力
弘前市立郷土文学館／青森県五所川原市／青森県近代文学館／日本近代文学館／国立国会図書館「近代日本人の肖像」(https://www.ndl.go.jp/portrait/)